花与爱丽丝杀人事件

the case of hana & alice

[日] 乙一 著
[日] 岩井俊二 原作
冷婷 译

Otsuichi & Shunji Iwai

中国友谊出版公司

图书在版编目（CIP）数据

花与爱丽丝杀人事件 /（日）乙一，（日）岩井俊二著；冷婷译．—北京：中国友谊出版公司，2016.12（2021.1 重印）
ISBN 978-7-5057-3765-5

Ⅰ．①花… Ⅱ．①乙… ②岩… ③冷… Ⅲ．①长篇小说—日本—现代 Ⅳ．① I313.45

中国版本图书馆 CIP 数据核字（2016）第 139810 号

HANA TO ALICE SATSUJINJIKEN
by Otsuichi

版权合同登记号　图字：01-2016-4776

书名　花与爱丽丝杀人事件
作者　［日］乙一 著　［日］岩井俊二 原作　冷婷 译
出版　中国友谊出版公司
发行　中国友谊出版公司
经销　新华书店
印刷　河北鹏润印刷有限公司
规格　700×980 毫米　32 开
　　　7 印张　76 千字
版次　2017 年 1 月第 1 版
印次　2021 年 1 月第 6 次印刷
书号　ISBN 978-7-5057-3765-5
定价　39.80 元
地址　北京市朝阳区西坝河南里 17 号楼
邮编　100028
电话　（010）64678009

如发现图书质量问题，可联系调换。质量投诉电话：010-82069336

C O N T E N T S 目录

第一章

1

可能是之前的住户搬家的时候取了下来，所以眼前新居的玄关处并没有名牌。我跨上刚刚从卡车上卸下来的自行车兜了一圈，正好看见母亲站在家门口和搬家公司的人说着话。我率先踏进家门，扫视着这空荡荡的房间。

一楼很宽敞，有客厅。我想都没想就情不自禁地跳起了芭蕾舞，因为空无一物的地板让我想起了前不久还在那儿上课的芭蕾舞舞蹈教室。单脚站立，另一只脚向后方笔直高抬，用类似滑行的姿势柔软地旋转，从房间的这一端移动到那一端。身体好像拂晓时分伸展开的常青藤一样，缓缓舒展，乍一看还像是张开双翼迎风飞翔的小鸟。单脚为轴旋转一周，眼前的世界就像是坐在旋转木马上那样回转不定。这个时候，我留意到了窗户对面的情况。

新家的窗户还没有装窗帘，明媚的阳光肆无忌惮地映照进来。走近窗边便能看到隔壁的房子，尽管二楼的窗帘紧闭，但我感觉似乎有人正站在帘子的后面，目不转睛地窥视着我家。那窗帘微微摆动了一下，因为窗户闭着，所以应该不是风吹的。

“妈妈！妈妈！”

“怎么了？”

母亲在二楼悠闲地回应着。我推开正在搬行李的工作人员，跑上楼梯。在二楼的一个房间里，母亲正在将衣物从纸壳箱中取出来。

“有人！隔壁屋子里有人！”

“有人不是很正常吗？屋子本来就是给人住的嘛。”

“可是那个人正从窗帘缝里偷窥这边。”

“那又怎么了？”

“不是很恶心吗？”

“难道拉开窗帘大大方方地望向这边就不恶心吗？”

“话虽然可以这样说，可只有我们这边被盯着，不觉得很讨厌吗？”

“那你也反偷窥过去试试？”

母亲似乎对这个话题并没有兴趣，继续收拾着衣物。我想了想，认为母亲的话也有一定道理。为了揪出偷窥者，我噼里啪啦地把空纸壳箱搬到母亲房间，移到能看见邻居阳台的位置。

纸壳箱尺寸很大，所以非常适合隐蔽。但问题出在阳台围栏的高度上，如果围栏是栅栏式的话，还能透过栅栏间的缝隙窥视邻居，可没想到新家的围栏不仅高到肚脐眼的位置，还密不透风，这样躲在纸壳箱里的话，视线就完全被遮蔽住了。

搬家公司的人将满满当当的纸壳箱搬进屋里，我试着把两个装满东西的纸壳箱推到阳台上摞起来，最后在顶上放个空箱子，这样一来我的视线就高出了阳台围栏，而且没有任何遮挡物，我对此很满意。

纸壳箱敞口的那面对着我家，底部对着邻居家，我爬进纸箱，屏住了呼吸。贴在纸壳箱底部的胶带已经松脱剥落，我试着用指尖将纸壳箱盖的间隙捅宽些。在我的改造下，偷窥的孔眼视野开阔，箱子外的阳光穿过孔眼，在箱子里拉直开。我将眼睛凑近孔眼，监视邻居家的窗边是否有动静。

因为箱子的口冲着我家敞开着，我能感觉到在屋内来回移动的搬家工人们的动静及视线，大家似乎在窃窃私语着什么。事后我问母亲，才得知原来是他们认为蜷坐在阳台箱子里的我实在有些奇怪。尽管如此，可那时的我并不认为自己的举动有什么不妥，我一直待在箱内昏暗的空间里，同与外界相连的窥视孔眼对峙着。

十月的天气已经能渐渐感觉到些许寒意，然而箱子里却很暖和。虽然幽暗，还有点拥挤，但整体感觉不坏，我甚至想一直待在里面不出来。透过小小的孔眼窥探外界，想必待在母亲腹中的婴儿也深有同感吧。

终于，邻居家二楼的窗帘稍微晃动了一下。我屏住呼吸，凝视孔眼对面，只见一根细细的手指拨开了两片窗帘接合的部位。

屋里很暗，少女的脸庞被映衬得清晰明了，我猜想对方应该与我年龄差不多。秋日的阳光照耀着那张面孔，可能是太过刺眼，她眉头紧皱，正注视着我和母亲的新家。

我的脸颊紧紧地贴着纸壳箱底，把少女的相貌看得越来越清晰。她的眼神很冷淡，头发蓬乱不堪，令我想起了猫科动物。少女的视线突然移向我所在的阳台，继而露出了诧异的表情，嘴巴像是被吓了一跳一样大张着。就在我们四目相对的瞬间，她向下转移了视线。

为了看得更清楚，我自然而然地探出身子，这时候，箱子开始向阳台外侧倾倒，由于纸壳箱的位置高出阳台围栏，因此在没有任何物体阻挡的情况下，惊慌的我想要跳出纸壳箱，无奈一切都太晚了——我连同箱子一起从阳台跌落了下去。

这时候我真切地意识到了“死亡”这个概念。虽然二楼距离地面只有几米的落差，但我仍然非常恐惧。纸壳箱“咣当”落在了地上，我用手紧紧抓住阳台的边缘悬空吊垂着，但因为手臂渐渐麻木，指尖终于从阳台边缘彻底滑落了。

尽管这一切发生得非常快，可在我眼里似乎相当漫长。在垂直掉落的那段时间里，我的脚下悬空，全身触碰不到这个世界的任何一个角落，即便张开手臂也只是与空气擦肩而过，抓不住任何实物。我只是往下坠落而已，与那个家喻户晓的故事中为了追赶兔子而落入洞穴的主人公一样，不过在那孩子落地前，她到了一个不可思议的国度，邂逅了一群奇妙的人。

“你没受伤真是太好了！”

这时的我们正在还没收拾妥当的厨房吃晚饭，母亲一边吃着比萨外卖一边笑着说。

“够了，妈妈，你打算笑话我到什么时候啊？”

“要不是搬家的工作人员在，搞不好你就要被送到医院去了哦。”

从二楼阳台坠落的我正好掉在了路过的搬家工作人员的身上，虽然那个人伤到了腰，但多亏他我才平安无事地落了地。

我把母亲从比萨店得来的打折券收进抽屉，我必须了解新家附近有哪些店可以叫外卖，因为母亲是个几乎不会做饭的人，即便是偶尔一时兴起拿起菜刀做顿饭，也会因切到手指不得不叫救护车而终止。所以在我不做晚饭的日子里，比萨的打折券能派上贴补家计的用场。

玄关的门铃响了。因为还不熟悉新家的门铃声，我们愣是没反应过来是有人来拜访了。母亲一边用爽朗和气的声音回应着说“来了”，一边瞥了瞥我。我从椅子上站起身，走向玄关打开了门。

只见有位手捧着蔷薇花花盆的女士正站在门口，虽然看起来高雅，眼神却很严苛，花盆里也只有一株幼小的蔷薇。我向她点头示意，女士微笑着说：

“我是隔壁的荒井，这是庆祝你们搬家的贺礼，是自家栽的蔷薇，请用它来装饰屋子吧。”

这位名叫荒井的女士将花盆递给了我。既然是隔壁家，那就是那个隔着窗帘偷窥我们家的少女的家喽。我道谢后冲屋里的母亲喊道：

“妈妈，是隔壁邻居！”

无奈之下母亲过来了，她开始站在门口和荒井聊天。母亲很不擅长与邻里打交道，她是个爱穿与年龄不相符的偏少女风衣服的、脱离现实的人。我不禁在心里打鼓，这样的人能和邻居维持好关系吗?

在母亲和荒井聊天的时候，我开始端详起手中的花盆，蔷薇深红色的花瓣犹如旋涡般绽放着。

从浴缸中溢出的热水流进圆形的排水口，全靠泡澡消除了疲劳的我用吹风机吹干头发，回到自己房间休息。从之前家里带来的窗帘被暂时挂在面向阳台的窗户上，因为布料太短，窗帘与地板间露出十厘米的间隔。

我打开纸壳箱，开始收拾学习用品和漫画之类的东西，把小饰品和相框在桌上排列开，拿出衣服，抚平褶皱，挂在壁橱里的衣架上。在墙壁较高的地方装有一块隔板，我发现上面躺着一个类似纸袋的东西。

应该是之前住户遗留下来的东西吧。我伸出手臂，用手指勾住纸袋的把手，袋子里的重物一个接一个地向下掉落。我一边拂去浮在纸袋上的灰尘，一边翻看袋子里面的东西，发现净是些学校发放的考卷和答题纸，答题纸上几乎都是十五分、二十分这种惨不忍睹的分数，而且还写着名字，当然，是我不认识的名字。

房间的地板及墙壁上都有几处细小的刮痕。之前住在这个房间里的人，应该在生活中受到过伤害吧？他是个什么样的人呢？我把这个人遗忘的东西原封不动地放回了隔板。

那时的我还不知晓这个人的命运，也不知晓杀人事件的存在。然而，我却不容分说地被卷入了此人的过往。

2

转校第一天，母亲带着我出了门。我身上的制服是以前学校的。下坡时，十分适合眺望的开阔景致在我们面前铺开，沿着栏杆走的母亲嘀咕道：

“乡村啊。”

“是呢。”

其实这里并没有乡村的感觉，这里既有便利店，又有宽敞的住宅用地。可能是之前居住的城镇太过都市化的缘故吧。

“妈妈，这学校还真是远呢。”

“我听比萨店的小哥说，之前原本计划在这附近建所中学，可是后来泡汤了。”

“你能不能别拉着比萨店的小哥闲聊？人家还有工作要做嘛。”

我想母亲之所以这样，恐怕是因为这位比萨店小哥相当年轻帅气吧。

樱花树沿着河流的走势茂盛地生长着，等到来年春天，我一定会为落英缤纷的美丽景象感慨万千吧。坐上电车的我们因为惯性身体微微晃动着，走出车站闸口，步行一小会儿便是石森学园的初中部。

因为正在上课，校园内很安静。脚踩访客专用拖鞋的母亲和踏着新拖鞋的我一起向教职工办公室走去。路过走廊的时候，我试着透过敞开的窗户偷瞄教室。学生们都在认真听课，女学生个个身穿深黑色的水手服，比起之前学校的西装制服漂亮多了。目睹这些的我心里有些气馁。

拉开教职工办公室的门，母亲冲屋里看了看，只有一位抱着水箱的男老师在里面。于是，母亲向老师搭话道：

“抱歉打扰了，我叫有栖川。”

“啊啊，是转校的那位。”

之前学校的就读证明和转学入学通知书都已经提交过了，上个月还来这所学校与校长先生见面打了招呼。母亲觉得手续太过烦琐甚至打算放弃，我只好一个劲儿地催促她。这时，母亲瞟了眼男老师怀里的水箱。

“这是什么？”

“蜗牛。”

“你喜欢蜗牛吗？”

“这是教学用的道具。”

男老师的长相让人感觉与母亲喜欢的男演员神似，也许是这个原因才让明明毫无兴趣的母亲围绕着蜗牛来回向男老师搭话吧。下课钟声响起，进入休息时间的校园立即变得热闹起来。各位老师也纷纷先后回到教职工办公室，男老师给我们介绍了我的班主任荻野老师，荻野老师是位二十五到三十岁的女性。

“加油哦，彻子。”

母亲将我托付给老师后便向我挥手道别，然后回家了。

课间休息时间结束后，荻野老师带我走向三年级二班的教室，那是我今后要待的班级。下一节是国语课，她打算在课前向同学们介绍我。穿行于走廊的我立即紧张了起来。

“要是有什么不明白的地方，可以随时来问我哦。”

荻野老师这样说着。我拉着旧制服的下摆，问道：

“仓库貌似没有制服了，要好几个礼拜才能到货，在收到新制服前，我就这样穿可以吗？”

“当然，这样没问题。”

来到三年级二班教室门前，荻野老师先进了教室。室内学生们的闲聊声戛然而止，我独自在走廊不停地深呼吸。

在老师的催促下，我迈进了教室。眼前是一张张陌生的面孔，他们的视线齐刷刷地投向我。

“今天开始班上来了位新同学，大家要和谐相处哦。你们一定很想知道新同学的名字吧？那就拜托你自我介绍咯，把名字大大地写在黑板上吧。”

荻野老师递给我根白色的粉笔，我点点头转向黑板，开始写名字。但是一下笔就冒出了父亲的姓，我赶忙一边打量老师与同学们的反应，一边用黑板擦擦掉重新写。

有栖川彻子。

我对自己的名字并没有太多的真实感，说到底，它只是代表了我这个人而已。父母离婚之后，我的姓氏变成了有栖川，但这是最近才发生的事。黑板上我的字出乎意料地小，也许是连自己都不确信这是我名字的缘故吧。

“那有栖川同学，你就坐在那边的空位上吧。”

荻野老师指了指教室正中央，那边前后各有一个空位。具体说来，是正中间那列的第三个和第四个座位。在全班同学的注视下，我穿过其他同学的课桌，走向那两个空位。是随便哪一个都行吗？我手指着第四个空位，尝试用目光询问老师：“这里可以吗？”

“那个座位有人坐了，你坐前面那个座位。”

我点点头，在第三个座位落座。我用手指擦了擦桌面，落灰的程度足够在上面写字了。同学们全都注视着我，似乎在耳语些什么。可当我看向他们时，他们却又不谋而合地将视线转移开了。我觉得教室里的气氛很微妙，但绝不是冷淡。所有人都板起脸孔，像是在恐惧着什么。

转眼到了午餐时间，不过至今还没有人过来跟我搭讪。石森学园初中部有一个规矩，值日生必须在下午放学后留下来打扫教室。就在这时，我的处境总算发生了变化。值日生们先把课桌搬到了教室后方，然后用拖把清扫空出来的地方。看他们默不作声但井然有序地打扫着，我慢慢靠了过去。

“我也是值日生，我应该做点什么呢？”

学校大扫除采取的是班级轮流制，这周正好是我所属的二班值日。如果缺勤的话，转校第一天就会给人留下不好的印象。被我搭话的女同学一副犹豫不决的样子，紧接着，她将手中的拖把递给我，说：

“……嗯，那你用这个吧。”

“谢谢。”

在我接过拖把前女同学就松开了拖把柄，她像是要与我保持距离般，快速地将手缩回，背到身后。

最后，拖把因为失去支点“砰”的一声倒在地上，其余值日生都停下手中的活儿，屏住呼吸等待我的反应。

出现了！出现了！这些不就是传说中欺负转校生的家

伙吗?

那个松开拖把的女同学似乎有意躲避我，在他们眼里，我简直就像个病原体。但即使是这样，我仍旧假装毫不在意地捡起了拖把，转校第一天还是不要发火树敌的好。

就在我低头默默擦地板时，我察觉到了一件事：搬课桌的值日生并没有移动教室正中间的那两个座位，也就是我和我后面的座位。我觉得不可能是他们忘记搬了，因为前面的第一个、第二个座位的课桌都被搬到了后面。从这种行为来看，他们是故意的。我叹了口气，准备伸手将后面那张课桌搬到教室后面，这时其他值日生中有人喊道：

“别碰那个！”

无奈之下我转向了自己的课桌，这次另一个值日生也大声冲我呼喊：

“那个也不行！”

“为什么?”

我渐渐有些不耐烦了，可他们并没有回答我，在场的几名值日生都只是尽量躲避和我视线交会，露出一副困惑的表情。毫无头绪的我只能将拖把靠在桌边，仔细查看才发现被留下的两张课桌的周围地面非常脏，看上去应该很久都没清扫过了。

我抓起拖把使劲儿地擦拭地板。没一会儿工夫，污渍被清除，地面变得干净整洁，而与此同时，被污渍覆盖的涂鸦也渐渐浮现出来，乍一看很是微妙。我想，这多半是用油性记号笔画上去的吧。涂鸦的位置正好处于我座位的正下方。

“各位，这个是什么？”

我不禁开始向值日生们打听，可他们一个个神情紧张地凝视着我，像是在畏惧什么似的闭口不言。得不到回复的我只好手持拖把，亲自弯腰凑向地面确认。

地上的涂鸦与CD差不多大小，正因为小得不起眼才没能马上注意到。我猜所写的内容无非就是些傻瓜啊、白痴啊之类贬低别人的话，估计就是之前坐这两个座位的人被同学欺凌，最后不得不请假或转校了吧。不过，一看才知道地上用油性笔画的图案很奇特。

涂鸦的中心由两个三角形重叠组合而成，更形象些说的话，就是所谓的六芒星，六芒星的周围则被画了好多层圆圈，圆圈四周写有一些完全看不懂的语言及符号。好在我曾经读过几本少女恐怖漫画，所以大致知道这是个类似使用黑魔术的魔法阵。为什么魔法阵会画在我的座位底下呢？可惜无人愿意挺身而出为我解答。

夕阳西沉，行驶于河流之上的电车车窗外已经被夜幕覆盖。从超市买完食材后回到家中，原本在电车上就给母亲发了短信，交代她先煮米饭，可回来后才发现她根本没有理会我的嘱咐。淘米时，身披毛巾质地长袍的母亲从浴室走出来，从冰箱取出一罐啤酒后，问道：

“学校怎么样？”

“很糟糕。”

“为什么？”

“这个嘛，我也不太清楚。”

一方面我觉得很难跟母亲解释清楚同学们怪异的态度和那个看着像魔法阵的涂鸦，另一方面折腾一天之后我感觉很是疲惫，所以我索性含糊其词地敷衍过去了。我倒掉混浊的淘米水，重新注入适量清水，将锅放入电饭煲。

“没关系，你一定能很快交到朋友的啦。”

母亲拉开易拉罐，一大口啤酒咕咚下肚，继而露出一副相当满足的神情说：

“不过我没交过女性朋友哦，因为被男生追求的女生会被其他女生讨厌，我可是当时的美少女偶像派哦。”

“啊，是吗！”

“你跟我不同，我觉得你无论和男生还是女生都能打成一片。”

“反正我不是什么美少女偶像派。”

睡觉前，我盘腿坐在床上读起了恐怖漫画，这是个女主人公使用黑魔术诅咒杀害憎恶之人的故事。在这个漫画设定里，魔法阵所起到的作用是连接世界与魔界。我深深叹了口气，心里盘算到底是怎么回事，到底是谁想借由我的座位，将世界与魔界联系起来。

3

站在电线上的乌鸦正阴森可怕地啼鸣着，而与此同时，它那对漆黑的瞳孔像是在观察我似的一直凝视着我。清晨的凉风吹得我直哆嗦，我双手把垃圾袋扔入小区垃圾站，然后严严实实地将防乌鸦的网子罩好。

“扔不可燃垃圾的日子是周三哦。”

没过一会儿，手提垃圾袋的荒井阿姨出现在了我家玄关处，而她手中的垃圾袋正是我方才扔弃的那袋。说完，她直接将垃圾袋放在我的脚边，然后一副很不耐烦的样子转身离开了。

“抱歉。”

面对阿姨渐渐远离的背影，我喃喃道了歉。荒井家门口摆满了花盆，他们貌似培育了各式各样的花草。房子外部的墙面有一大半面积布满了常青藤，大门口有一扇用钢丝编成的 U 形门，门上缠绕着很多植物。

不过话说回来，她怎么知道这个垃圾袋是我家的呢？看样子，她并没有打开口袋确认里面的垃圾，所以理应不知道到底是谁家扔出去的垃圾才对。正当我猛然抬起头时，发现隔壁邻居家二楼窗边的窗帘有动静。我想起了搬家那日与之四目相对的少女，或许那家伙瞟见了我扔垃圾的瞬间，然后告诉了她母亲。

我注意到她至今仍在透过窗帘缝隙窥视我家，为了尽情地威吓她，我朝着她家窗户，将嘴唇咧到露出牙龈的程度，大声呼喊：“呀——”

学生们正在音乐教室练习吹竖笛，跟随着老师的钢琴伴奏，我们吹奏出如小鸟啼啭般的音色。因为曲目在之前的学校也学过，所以我很高兴自己能参加演奏。此外，我座位下的魔法阵太过阴森，能换到音乐教室上课真是求之不得。下课铃声响起，演奏就此结束，可在我走出音乐教室时，发生了一阵骚动。

音乐教室门前的走廊里设有茶水间，一位名为千叶裕也的同学在那儿抢走了另一位女同学的竖笛，并且还高高举起竖笛，四处窜逃，吵闹嬉戏。

"你还给我！"

"就不还！啵啵，间接接吻哦！"

"你快住手！不准亲！"

这个男同学似乎很得意，他的额头及脸颊有很多粉刺痘痕，仿佛月球表面的火山口。他爬上饮水台，一边打趣女同学，一边将她的竖笛放在嘴边。

女同学高喊着"还给我，千叶"，拼命拧开饮水台的水龙头，湍急的水流一喷而出，她用手指堵住水龙头口，看样子她是打算储备高压水流，然后喷千叶裕也一身。转眼，千叶裕也便被迎面而来的水流从上到下浇了个透，就在他身体后仰的一瞬，脚底打滑跌下了饮水台，屁股更是"咚"的一声，狠狠地砸在了走廊的地板上。躺在地上的他被摔得起不来身，几名男同学见状立即跑到他身旁：

“喂，你没事吧？”

“摔得很厉害哦。”

因为摔得太过猛烈，那个女同学也有点心虚害怕了：“这不是我的错吧？我什么都没干吧？”

我捡起滚落在一旁的竖笛，用制服的下摆擦掉上面的水渍。

“给你。”

我将竖笛递给女同学，她却大吃一惊地望着我。沉默片刻后，她摇摇头说：

“这个，送给你。”

“欸？”

“我不要啦！”

女同学拒绝地将手绕到了身后。

“那扔掉吧。”

此时，千叶裕也将手搭在其他男同学的肩上，慢慢站起身，随后被送去了医务室。那位女同学也跟了上去，茶水间只剩下拿着竖笛的我。她的意思是，不接受我摸过的东西？

这是怎么一回事嘛！这幅场景要是出现在漫画里的话，主人公应该会郁闷地哼一声吧。

放学后，我们班还有个班级活动。这个活动主要由班主任荻野老师组织，大约进行十分钟，老师发言完毕学生们才能回家。我收拾好书包，走向鞋柜，心想还是不留下来值日好了，因为我实在受不了同学们那令人不悦的眼神，我想马上逃离这里。当我从鞋柜取出鞋子，穿进去的瞬间，身后传来了一个声音。

“是小黑吗？”

这声音听上去轻松愉快、温文尔雅。我马上回头，一个头扎双马尾、满脸疑惑的女生正站在眼前。再仔细打量，发现她的双马尾扎得靠近头顶部位，左右两边各一绺。紧接着，少女用棉花糖般的声音说：

“真是大吃一惊啊，好久不见哦。”

“你是谁？”

虽然对此人的容貌略有印象，但我没能立刻想起到底是谁。再说，这所学校里理应不该有人知道我“小黑”的称呼才对。

“你不记得了吗？我和你一起在长谷川芭蕾舞教室上过

课的呀。”

话音刚落，少女用芭蕾舞姿优美地旋转了一圈。随着少女轻飘的裙摆，感觉有阵微风一掠而过，这时我才意识到，她是我数年前去过的芭蕾舞教室的同学。

“啊！你不是风子吗？原来你也在这所学校呀！”

风子个子较矮，大家都把她当作妹妹，关爱有加。尽管之前对她因为父母工作变动而要从芭蕾舞教室退学的消息有所耳闻，但还真不知道她的新家竟是在这座城镇。

最高兴的事莫过于故友重逢，我开开心心地同风子走出学校。风子说想带我到处逛逛，于是我们先去了商店街。车站前的街道商店林立，主妇、上班族、放学后的学生行走匆匆。

“这里有没有可以读霸王书的书店？要是没有，放学后的生活可就生无可恋了。”

“小黑，你很喜欢读书吧？要说书店，这家可是最棒的哦。”

说完，风子便领我走进了一家名为“妖怪堂书店”的店。尽管书店的外观让人感觉有些诡异，我却意外地喜欢这里。我迫不及待地读起霸王书，风子则拿了本书走过来。

“小黑！看这本！”

风子手中的书是《无意杀人事件》，这家店竟然会有如此罕见的书，真是太疯狂了！小说的作者叫作“有栖川亚理纱”，正是我母亲的名字。

走出书店，我们继续在商店街游逛。突然，风子指着一家甜点店说：

“这家‘河童三平堂’很好吃哟。”

“看上去确实很美味哦，不进去吗？”

风子摇摇头，她说接下来还要去上芭蕾舞课，所以这次就不进店逛了。我不禁感叹，原来风子还在继续学芭蕾舞啊。

“小黑呢？”

“我应该跳不了了。”

“为什么？跟我一起去跳嘛！”

“那我跟妈妈商量下吧。”

其实我主要是担心家里负担不起学费，毕竟我和母亲仅靠母亲的工资能否存活还是个未知数。另外，母亲执笔的小说也没有再版过。然而，风子却一个劲儿地邀请我，不停地试图用诸如“镇上的芭蕾舞教室学费很低、老师是个很有趣的人、小黑放弃芭蕾舞真是太可惜了”的言辞说服我。

“你现在要不要去参观一下？教室距离这里很近。”

风子挽紧我的手臂，把我强行拉到了她上课的芭蕾舞教室。教室坐落在一栋已经有一定年限的复古风西式建筑内，建筑物的外壁上挂有“望都芭蕾舞教室”的名牌。走进楼内，一股芭蕾舞教室独有的热情气息扑面而来，宽敞的屋子回荡着老师拍手指导的声音。墙壁的一面是镜子，学生们正一边舞动身体，一边通过镜子确认自己的舞姿。此外，学生的年龄都与我相仿，风子向老师介绍我说：

“老师，这孩子是之前与我一起上过课的黑柳……”

还未等风子说完，我便立即插话打断道：

“我叫有栖川彻子。”

伴随我的自我介绍，老师从头到脚打量了我一番。老师是位头绑发髻的年轻女性，紧接着，她用爽朗的声音询问我：

“以前学过芭蕾舞吗？”

“学了七年。”

“穿多大的鞋？”

听到我支支吾吾的回答后，老师取出鞋子抛向我。我试着将脚踩入鞋内，那种双脚与织布相贴合的触感真是令人怀念。我站在镜子前照了照，然后试着做了个单脚脚尖着地，另一条腿高抬弯曲的动作，我一直目不转睛地注视着镜子里的自己。原本只是打算来参观一下，但受风子和老师之邀，不知从什么时候开始我已经加入了她们的课程。

走出教室，眼前的天空被夕阳染成了粉红色。风子家和我家有一段同路，于是我们一起搭上了回家的电车，不过此时车厢内并不拥挤，乘客稀稀拉拉地坐在座位上。我和风子玩起了猜拳，作为惩罚，输家必须在电车内跳一段舞蹈。经过紧张的比赛，输掉的一方是风子。尽管最初她觉得挺不好意思的，但下定决心后，她跳起了芭蕾舞的舞步。乘客们都用惊愕的神情看着风子，可风子并不在意，继续在车厢内旋转舞动。受离心力的影响，她那束起的头发与裙子的下摆一同飘起展开。温暖的夕阳透过窗户照射进来，电线杆的影子偶尔会从车厢的前方横扫至后方。

风子家与我家出乎意料地近，我们一边愉悦地行走在能眺望整座城镇的道路上，一边聊起了天。

“那户人家的长子误入歧途，现在是大船的头牌牛郎。”

“小风，我对这种话题没有兴趣哦。”

“小黑，你的名字变了吗？”

“我现在不姓黑柳，所以你左一个小黑右一个小黑地叫我，听着很别扭呢。”

“是爸爸妈妈离婚了吗？”

“小风，这种事就别问了嘛。”

说完，我用手掌轻轻拍了下风子的脑袋。不知不觉，我们已经走到风子家门口了。这时的天空夜幕笼罩，风子停下脚步说：

“我到家了哦。”

“欸？这里吗？你住在花园隔壁？”

“花园？”

风子看了眼隔壁荒井家，那边植物繁茂，房子被一排排的花盆掩盖得严严实实，屋外的电灯照射在秋日的花盆上，好不热闹。

“原来你叫这里为花园呀！她家总有人透过那扇窗户向外窥视，今天好像不在。”

风子指了指二楼的窗户，我放眼望去，这栋被植物覆盖的房子看上去简直就像座睡美人的森林城堡。

窗边的窗帘基本上都是闭合的，即便被拉开一丁点缝隙，也只能瞥见昏暗的房间，并不能看清里面有谁。不过就在我们凝视那扇窗户的时候，窗帘被拉得更紧密了。这说明室内无人的判断是错的，那个连电灯都没开的一片漆黑的屋子里不仅有人，而且她还在窥视着这里。

当晚，当我在房间穿上芭蕾舞蹈服轻舞时，对声音敏感的母亲进来了。

“你在干吗？”

“今天我去芭蕾舞教室参观了，现在想跳跳看。”

说完，我一屁股坐在床上。

“芭蕾舞教室？这么偏僻的地方竟然也有芭蕾舞教室？！”

“而且还不错哦。”

“你还想学吗？”

“可是我们家条件不是很窘迫吗？”

“这个不用你担心啦。”母亲坐在我身旁说，“彻子，人生在世，贫富无常呀。”

“幸亏你能这样想，我们才得以活到今日。”

初次听到这个怪异的传闻，是在芭蕾舞教室做伸展练习的时候。我仰面向上，将一条腿贴在另一条腿上，与此同时，扭转腰身。坐在地上劈叉的同学向我搭话说：

“有栖川，你是石森学园的吗？”

“是呀。”

“跟小风一所学校的啊。那你知道杀人事件吗？”

我连忙起身，转向这个同学，她则继续一边劈叉一边对我说：

“不是有石森学园杀人事件的传闻吗？”

我摇摇头表示从没有听说过，那孩子却露出了一丝诧异。

“你说的杀人事件是怎么回事？”

“你去问小风吧，我也是听她说的。”

我立即中断拉伸，去找风子打听详情。她用柔和的语气解释说：

“学校有个男前辈死了。”

“什么时候的事儿？”

“一年前。被杀者是犹大。你知道犹大这个人吗？”

我摇摇头。

“杀人者也是犹大。”

“杀人者也是犹大？”

“没错。有四个犹大。”

“四个犹大……四个人都是犹大？犹大是什么？人名吗？”

“犹大出自《圣经》，被犹大背叛的耶稣最终被判极刑，钉死在十字架上。”

“不明白你在说什么。话说，四个犹大杀掉了犹大，这是怎么回事？”

“也许有五个犹大吧。其中一个被杀掉了。”

“被杀掉的高年级学生是几班的？”

“我记得是三年级二班。”

那不就是我们班吗？换句话说，那个教室一年前发生过杀人事件啊。不，风子并没有明确指出人就是在教室里被杀的——如此翻来覆去思考一阵后，我打算再向风子打听更多底细，可不巧的是，芭蕾舞老师进来了，她拍手宣布说：“好了，开始上课了哦。”

我的身体随着音乐声翩翩起舞，仔细打量自己在镜中的样子时，我暗自思忖：新搬来的地方真是出乎意料地难以想象啊。

第二章

1

那日从清晨开始就是个大阴天，天气预报说傍晚可能会有雷阵雨。我拿起雨伞走出家门，搭电车来到学校，走进三年级二班的教室时，发现已经有几位同学早到了。班主任荻野老师没有正面回复我一年前这个班级有人被杀的传闻是否属实，或者说是因为事情太过不吉利，大家只好当作什么也没发生吧。我将书包放在自己的座位上，然后从口袋里掏出一个小瓶子，这是我从母亲乱七八糟的梳妆台上借来的，而瓶内装着的透明液体是去除指甲油用的洗甲水。

被杀掉的犹大。

杀掉犹大的四个犹大。

从芭蕾舞教室回家的路上我一直不停地来回思考，干脆决定调查一下犹大这个人物，于是，我搬出厚重的字典，翻到记载有“犹大”这个词条的相应页面。紧接着，似曾相识的插画跃入眼帘，那便是两个正三角形相组合后形成的六芒星。我清晰地记得，因为这个图案正静静地躺在我的座位底下。

当我逐字逐句地阅读有关“犹大”这个词的解释时，字典竟然对魔法阵有所提及，这令我不禁打了个寒战。

六芒星插画边附有“犹太人”这一词条，据字典解释，六芒星是代表犹太人的符号，因此也被称为犹太星。遵照五十音图的顺序查找“犹大”和“犹太人”的话，会发现这两个词条并不在同一处。因此，在相同页面记载六芒星或许纯属偶然。不过虽说如此，我突然感觉自己座位正下方画有魔法阵这件事很是可怕，于是，我打算擦掉它。

我在教室中拧开洗甲水的瓶盖，顿时一股刺鼻的味道扑面而来。我将纱布浸入洗甲水内，然后试着擦拭椅子正下方的六芒星。我使劲儿地抹抹擦擦，用油性笔画的完美魔法阵正在渐渐消失，当涂鸦被彻底擦掉后，我瞬间觉得豁然开朗。

可是，在那天放学后发生了一件事。随着班级发言活动的结束，男班长一声令下，全体起立敬礼。这时窗外下起了雨，室内像深夜一样昏暗，有同学拉亮了荧光灯。班主任荻野老师已经离开教室，换作平时的话，此刻大家应该是一边热闹地闲聊，一边收拾书包准备回家，可这天并没有这样。

当我察觉到周边的异样气氛时，想把笔记本、文具统统塞入书包的动作也马上停下了。老师明明都不在了，大家为什么仍然坐在位子上一动不动呢？陷入沉默的教室搞得人紧张兮兮的。突然，男班长站起身，拉上教室门，一手抓起拖把，与此同时，一位女同学走到了我的座位前。

“有栖川，我们有话要跟你说。”

这个同学名叫陆奥睦美，虽然转校时间不长，但我立即想起了她的名字。教室里此时的氛围异常独特，陆奥睦美的脸蛋白皙透明，头发乌黑垂直，睫毛纤细修长，眼神犀利尖锐。除此之外，她还戴了个发箍做装饰。要是给她配个什么装备的话，我认为黑猫随从或调剂好的毒药小瓶最为合适。

“呃……”

见我一副吞吞吐吐的尻样，陆奥睦美豪迈地一屁股坐在我的课桌上，跷起二郎腿。等我反应过来，其他同学已经离开座位，像想要包围我一样地慢慢向我靠近。坐在椅子上的我抬起头，仰视着站成一排的他们，荧光灯下同学们的脸庞被映得黑影重重。

“有栖川，我想给你句忠告，如果你违背我的忠告，就会大难临头，比方说……”

陆奥睦美还未说完，我便插话道：

“再见！”

我踢开椅子，腾的一下猛站起身，推开同学们纠缠不放的手，拼命挤出人群，径直跑向教室后方的出入口。因为我判断，要是不逃，我会很危险。

“给我抓住她！”

陆奥睦美大声喝令道。转眼间，站在出入口附近的几名男同学以迅雷不及掩耳之势把我堵住，再紧接着，停下脚步的我被女同学一把紧紧抱住。

“快住手！你们干吗啊？真是卑鄙无耻的小人！”

尽管不明白这一切到底是怎么回事，但我还是做出了抵抗。我拼命摆脱了束缚住我的女同学，在教室里到处窜逃，虽然有男生直冲过来，但我毫不畏惧地跨上课桌，躲过了他们的袭击。就在我沿着黑板奔跑的时候，几位女同学抓住了我的西装制服，发现不妙的我随手拿起黑板擦，冲她们的正脸狠狠扔去，白色的粉笔灰在空中纷飞飘落，她们总算松开了抓住我的手。

“我到底干了什么？！”

不禁放声大喊的我不是打向男同学的脸，就是咬住他们的手。竭尽全力地踢踹躺在地上的同学后，聚精会神地审视下一个会出来袭击我的人是哪个家伙。由于我的抵抗太过猛烈，全体同学都稍稍撤退了点。当我避开翻倒的桌椅时，陆奥睦美忽然出现在了我跟前。

“喂，有栖川，冷静点吧！你稍微冷静下，听我解释。”

陆奥睦美败兴地说。她从比其他人更长些的水手服裙子口袋里掏出一张纸片，在那张A4纸大小的纸上画有魔法阵，和我今早用洗甲水擦掉的图案一模一样。

“对这个你还有印象吧？你破坏了禁区哦。”

“禁区？”

“没错。我画的禁区被你……”

陆奥睦美回头看了眼教室中心，即便教室因乱打变得一片狼藉，可那两张前后排列的课桌却仍旧丝毫不动地待在原地。今天清晨我的椅子下方还有的魔法阵现在已经不见踪影，剩下的唯有被荧光灯照得闪闪发亮的地板。

“那里封印了犹大的灵魂。”

陆奥睦美郑重地说。

一小会儿后，同学们开始一个个帮忙收拾残局，有的扶起东倒西歪的桌椅，一张张物归原位；有的整理被猛扔出橱柜的物品；有的清扫、擦拭粉笔灰。而这时的陆奥睦美则在向我解释犹大的事情。原来被我称为魔法阵的涂鸦在她那儿是所谓的禁区，她说这不是连接魔界的大门，而是用来封印犹大的灵魂的。虽然她尽力做了说明，但我仍然完全不明白这到底是怎么回事。

“这是被你擦掉的禁区副本。”

我凝视着这张绘有禁区的纸，内容由六芒星、重重叠叠的圆圈及怪异的文字组成。

“יהודה איש קריות”。

装饰禁区的文字似乎是希伯来语。

“上面写的意思是伊斯加略人犹大，他是新约圣经四福音书及使徒行传都有提及的耶稣的十二使徒之一。伊斯加略人用希伯来语解释的话，就是加略人的意思，而加略是巴勒斯坦的一个镇名，因此犹大的出生地应该是加略。”

陆奥睦美的声音与室外狂风暴雨的声音重合在了一起。

“我在这里封印了犹大的灵魂，不过现在禁区已经被你破坏，如果不尽早恢复原样的话就会一发不可收拾，或许还会危及你。”

“我会被如何危及？”

她默默地盯着我的座位，不，她视线的尽头应该是我身后方的座位。记得转校第一天，荻野老师说过那个座位有同学在使用，可迄今为止我一次都未曾见过座位的主人，已经连续好几天没有人坐过了。

“你身后的座位会消失哦。”

“消失？消失到哪里去？”

“魔界。”

她终于说出了“魔界”这个词。

“大家之所以避开我，就是因为那个禁区？”

“这是被诅咒的座位的宿命哦。”

“被诅咒的座位？”

“那里是犹大曾经坐过的座位。恐怕你已经被犹大的灵魂附体，为了不受到你的攻击，大家都刻意与你保持距离，难道不是吗？”

“你到底是谁？”

“我是陆奥睦美，于十三日星期五从魔界苏醒的女子。

好了，开始吧！我们必须重新布阵禁区，有栖川，你也来帮忙，破坏禁区者也是修复仪式中最重要的部分。”

我看了眼窗外，教室的窗户玻璃已经被白雾附着，雷鸣声在下一秒震耳欲聋。陆奥睦美吩咐后，立即在我椅子的正下方附近着手重画禁区。在此期间，其余所有同学都手挽手围成圆圈注视着她。画完后，她叫我端坐在课桌上。

仪式开始了。陆奥睦美双手合起，嘴里念诵着难以听懂的咒文。

“打开洞穴，打开洞穴。犹大啊，莫暴乱。请务必拯救这个悲哀的转校生吧！”

同学们也都纷纷闭目随之念道：

“打开洞穴，打开洞穴。犹大啊，莫暴乱。”

陆奥睦美将手放在我的头上，强摁住说：

“也请你闭眼祈祷。”

迫于无奈，我只好按照她所说，一起念诵不明其意的咒文。

“打开洞穴，打开洞穴。”

室外雷声轰鸣，暴雨淅淅沥沥地敲打着窗户。大家闭目唱诵一段时间后，突然听到陆奥睦美大声尖叫起来：

“是式神[①]！”

睁开双眼，一架纸飞机突如其来，掠过我的鼻尖。班上女同学开始发出悲鸣，男同学也跟着骚动喊叫。陆奥睦美捡起坠落在地的纸飞机，煞有介事地嘟囔了几句咒文后，潦草随意地撕裂了纸飞机。紧接着，她将撕碎的纸片抛撒向我，一片片纸屑纷纷飘落，陆奥睦美拾起一片递给我，这是画有禁区的 A4 大小纸的一部分。

同学们也都捡起其他纸片，将其打开。令人诧异的是，纸片的形状分别变成了拉丁字母“H”“E”“L”“L”，而 HELL 的意思是地狱。分明只是被随便撕碎后乱扔弃的纸片，为什么会显现出这样的形状呢？所有人都露出了惊恐的神色，陆奥睦美严肃地对大家说：

“没关系，所谓的地狱，是犹大灵魂所在之地，字母的意思是说他的灵魂已经无法走出地狱。有栖川，你也打开手中的纸片看看。”

我慢慢展开纸片，发现是个十字架的形状。

“这个的意思是上帝会保佑你哦。看来禁区总算恢复原

---

① 式神是阴阳师所使役的鬼神。

状了，好了，我们回家吧，仪式结束了。”

说完，她牵住我的手，扶我跳下课桌。此时此刻，我既疑虑害怕又松了口气，总之心情很复杂。同学们纷纷靠近我的座位，一个个为先前的粗暴之举向我道歉：

“有栖川，恭喜你。”

大家不仅这样说，还为我欢庆鼓掌。虽然云里雾里的我不明所以，但他们的行为让我明白这件事应该是告一段落了，可遗憾的是，事实并非如此。

天色渐晚，母亲却还坐在笔记本电脑前拼命工作，貌似是截稿日迫在眉睫。房间里到处都是被打开却没收拾完的硬纸壳箱。我横躺在母亲身后的床上，向她述说着今天在学校遇到的事。虽然我知道这样会打扰她工作，但放学后发生的事对我冲击很大，我非常希望能有个倾诉的对象。

“真是让人惊讶呢。要是能去恶灵妖怪住的地方，或许还能遇见龙猫哦。”

我仰视着天花板如此感慨道。突然，侧面飞来一架纸飞机，似乎是母亲写小说的时候叠的。仔细端详，发现纸飞机的侧面画有虚线。母亲猝不及防地将剪刀抛向我，我惊慌失措地勉强接住。话说，要是被戳伤了可如何是好！

“你沿着虚线剪剪看。”

我按照母亲的说法尝试剪裁，随后，纸飞机被分解成了五个折叠的纸片。我一一展开，发现一张呈十字架形状，其余分别是拉丁字母“H”“E”“L”“L”的形状。

“快看这个！妈妈你好厉害！”

“这是个很简单的障眼法呀。可是为什么要突然说是地狱呢，难道不是魔界吗？”

母亲一边敲打笔记本键盘一边这样说着。

“那‘打开洞穴’这句咒文又是怎么回事？”

“《古事记》中有个非常有名的故事，那就是天照大神①发怒后躲进了天岩户②，这个典故不是有个相关的咒文吗？简单来说，就是祈祷光明的咒文。天照大神是太阳神，为了请出天照大神，八百万神一起祈祷‘请太阳快出来、请太阳快出来’，这句话有时也会被当作性欲方面的隐语使用，所以你还是不知道的好。”

---

① 天照大神：天照大神（《日本书纪》）或称天照大御神（《古事记》）、天照坐皇大御神、大日孁贵，是日本神话中高天原的统治者与太阳神。她被奉为今日日本天皇的始祖，也是神道教最高神。

② 天岩户：在《古事记》里也被称为天岩屋戸（あまのいわやと），是岩石形成的洞窟。传说太阳女神天照大御神躲进天岩户，世界陷入一片黑暗。

母亲虽然在向我解释，可她敲打键盘的声音并没有中断，因为她是那种能一边写小说一边聊天的人。尽管其他方面母亲常常笨手笨脚，但毕竟是种能拥有一两项技能的人。

“这和犹大有什么关联呢？”

“日西合璧嘛。”

“什么意思？”

“想知道答案就请你自己去查查看喽。”

母亲继续写起小说，我则不满地“哼”了一声。

看来陆奥睦美多半是在借骗术哄人，放学后进行的那些仪式也都是障眼法，关于禁区封印犹大灵魂一事恐怕大都是个谎言。可为什么同学们都被蒙在鼓里，对她说的话深信不疑呢？

我该不该拆穿她的骗局，唤醒受骗的同学们呢？陆奥睦美的所作所为真是太气人了，如果犹大灵魂及被诅咒的座位这些流言都是她放出来的话，那陆奥睦美就是真正的元凶。

这时候夜幕降临，窗外依旧雨下不止。按照母亲的说法，咒文“打开洞穴”或许有“请太阳快出来”的意思，陆奥睦美之所以能瞬间灵光一闪想出这样的咒文，想来应该是受启于今天的天气吧，再或者就是还有其他理由。突然，我想起了隔壁家的少女，从某种意义上来说，躲入天岩户的天照大神与躲在窗帘背后迟迟不肯露面的她实在相似。

2

自从上次仪式后，我原以为自己的处境会有所改观，可谁知同学们还是一如既往地疏远我，我仍然是个被孤立的可怜虫。无论是仪式结束后向我道歉的男同学，还是祝贺我的其他同学，第二天一个个都是副冷漠的样子，不敢与我对视。

我椅子的正下方已经被重新画上了禁区，但照陆奥睦美说的，这个禁区似乎并非百分之百保险，一旦被打破，犹大的灵魂也许会在我身上附体，大家都很害怕预言成真。

话说，陆奥睦美的言语明明欠缺科学性，大家为什么会相信呢？什么地狱呀、魔界呀、禁区呀，不都是漫画里的东西吗？到底为什么？这个世界是漫画吗？顿时我的心里蹦出了好多问号，可为我解答这些疑问的竟是翅尖。对，就是那美味的鸡翅尖。

清晨，当我穿过车站，走在前往学校的路上时，遇到了同学千叶裕也，他就是那个抢走女生竖笛、在茶水间嬉闹的男同学。只见他手拎便利店塑料袋，坐在国道的护栏旁。入秋的早晨寒意十足，穿梭在国道间的汽车排放出白色尾气。当他察觉到我的时候，立即将布满粉刺痘痕的脸歪向一边，那表情就像一大早看见不祥的东西一样扫兴。

“唉，真倒霉——”

千叶裕也大声感慨，似乎是故意说给我听的。而我要去学校的话，就必须从那家伙坐着的护栏旁通过，最后我只好假装没听见，从他眼前穿过去了。

路过时我瞥了眼千叶裕也，只见他一只手握着鸡翅尖。话说，大清晨从便利店买鸡翅吃是因为男生容易饿吗？发现我的视线后，他举起沾满油脂的手说：

“恶魔的狗腿子，想吃鸡翅尖吗？我才不给呢！啊——好好吃！早上的鸡翅肉嫩爽口，真好吃呀！”

我不想跟他有所牵扯，于是我直接无视地加快了离开的脚步，鸡翅尖被攥紧的声音传到耳朵里，令我感到恶心。正当我为相安无事从那家伙跟前走过而松口气时，身后却传来一阵呵斥：

“你为什么无视我？！”

话音刚落，我就感觉有什么东西撞在了自己背后的制服上，低头一看，脚边躺着一根没吃完的鸡翅尖。我随即下意识地用手摸了摸后背，发现制服上沾了油脂。千叶裕也，这家伙真是太过分了。

我回到他跟前，使出全身力气，用书包的边角狠狠砸向他的太阳穴。因为攻击来得太突然，千叶裕也猝不及防地跌下护栏，我则继续用后脚跟不停地踢踩他。虽说已经进入十月，但千叶裕也并没有穿外套，所以他洁白的衬衫转眼间便沾满了我的脚印。当我冲他胯裆周围使劲儿踢打时，那家伙的斗志已经从长满粉刺的脸上消失得无影无踪了。他痛苦地哀号着，躺在地上的身子痛得无法动弹，我逼问道：

“你说谁是恶魔的狗腿子？！你这是用鸡翅尖砸狗腿子吗？！”

“不……不小心撞到的。”

千叶裕也的粉刺坑里积满了这家伙的泪水、口水及鼻涕，于是我停下本要扇他耳光的手，一拳捶在了卧倒不起的这家伙的腹部。

“你这个一大清早一边坐在护栏边啃鸡肉，一边诅咒别人的浑蛋！少在这里轻视转校生啦！你跟我都不是一个级别的，你小子别自以为是了！”

“抱歉！抱歉！啊——别打了！啊——好痛！”

这时恰巧有上学的学生正沿着国道旁的人行道骑车路过，他们都在注视着我和千叶裕也，但我的怒气并没有全部发泄完，我抓住千叶裕也的前襟，强制性地拽起他的上半身，然后将其压在护栏上质问说：

“现在我要问你几个问题，犹大是什么？你小子要是敢撒谎，我绝不会放过你的哦！”

千叶裕也的脸在恐慌地抽搐着。

“犹大……犹大是比我们高一级的学生。”

“那家伙死了吗？”

“是的。”

“被杀死的吗？”

“是的。”

“被谁？”

“被四个犹大。”

“这四个犹大又是谁？”

“是犹大的妻子。”

“那家伙不是初中生吗？不是与现在的我们同岁吗？为什么那家伙会有妻子？而且还是四个！真是叫人搞不明白啊！”

“我也不是很清楚缘由，要我说，我根本不信幽灵啊恶魔啊什么的。”

“那你还大声叫别人恶魔！”

说完，我愤怒地冲千叶裕也的腹部猛击一拳，他随即摁住腹部，从嗓子眼挤出类似青蛙的呻吟声。

“虽……虽然是叫了，但我并不相信那些毫无科学依据的东西。不过关于那件事，起初我是不信的，但现在信了，因为我亲眼见到了，班上其他所有同学也都看到了犹大的灵魂。五月，我们五月看到的。犹大的灵魂在上课的时候突然出现了，那东西突然飞出来，附体在了小睦的身上。”

“小睦？”

“就是陆奥睦美，犹大附体在那家伙身上了。上课的时候，那家伙突然大喊大叫，被犹大诅咒的座位，就是你现在的座位哦……”

千叶裕也神情惶恐地述说着当时的情景，我看了看他那不停抽搐的脸庞，想来应该都是实话。

那天，三年级二班的教室如往常一样，老师授课学生听讲。千叶裕也则一边打着瞌睡，一边将老师的话当成耳旁风。突然，不知从哪儿发出了一阵痛苦的呼喊声，大家循声望去，发现陆奥睦美全身都在抽搐。她当时的座位好像是在教室中央，从前方数第三个，也就是我现在的座位。

“之前就听说那是被诅咒的座位，但没想到居然会发生这种事。”

陆奥睦美的抽搐变得越发猛烈起来，就连椅子都在咔嗒咔嗒地晃动。忽然，她像被一股强劲之力抛出一样，翻倒在地。用手捂住喉咙的陆奥睦美翻起白眼，老师关心地跑过来，她却一个劲儿地推开老师。匍匐在地的她用脑门撞了好几回地板后，口吐涎水地爬上了课桌。紧接着，她诡异地伸出舌头，不停地用指甲搔挠头皮，没一会儿工夫，甚至能看见头皮有血迹渗出。翻着白眼的陆奥睦美像是听到来自地狱深处的呐喊般，反复叫喊道：

“我我是是是犹大大大大，打开洞穴穴穴穴……打开洞穴穴穴……是谁杀的啊啊……打打打开开开洞洞洞穴穴穴穴……打打打开开开开洞洞洞穴穴……是谁谁谁谁杀的的的……是你吗？！”

突然，陆奥睦美从桌子上俯冲向坐在她身边的千叶裕也，一把抓住他的衬衫，将其猛地挥扔出去。

“我当时被吓得都失禁了。”

被我摁压在护栏上的千叶裕也如此坦白道。

“因太过羞耻竟然哭了出来，因为太害怕了，原来大家都尊称我为鬼之裕也、终极兵器千叶、校园猎人千叶的，现在却威严全失，最后大家都用蹩脚千叶、屎男……尿不湿之类的称呼嘲讽我。”

“你也不容易啊。”

我不禁对千叶裕也同情了起来。

“后来，我就靠欺负女生这类弱者来消愁。”

“以后别再欺负人了。”

我狠狠捶了他一拳。

“啊——别打了！啊——好痛！”

“陆奥睦美后来怎么样了？”

“她逃出教室，在校园内徘徊走动，最后被发现在女厕所，一动不动。”

据说，陆奥睦美当时精神陷入错乱恍惚，坐在马桶间里纹丝不动，只是没完没了地抽拉着手纸。接着，她被送去了医院接受治疗。

“翌日，虽然小睦精神饱满地来上学了，可她的裙子却变长了。头发也是，明明以前都是短发，来学校的那天突然变成了长发。”

“那是假发吧？！”

“她本人说是一夜长出来的。”

“这种鬼话也信！”

“不知她从哪儿搬来了桌椅，擅自占据了靠窗的最后一个座位，现在也仍坐在那里。听说被犹大的灵魂附体时，她的灵魂到了魔界，大家都亲眼目睹那家伙从魔界生还。”

“你认为小睦是如何从魔界生还的？”

听到这里，我断定她对大家有所欺骗，于是我试着反问道。

“据说她是靠自己神奇的力量想方设法返回的。那之后，小睦画上禁区，封印了犹大的座位。没有人敢违背小睦，就连以前常常欺负小睦的一伙女学生也假装唯小睦马首是瞻。”

“在这起事件发生前，小睦是被欺负的吗？”

“是的。虽然我也欺负过她，但跟那群女同学相比，我的欺负压根不算什么。不过，现在小睦可是所向披靡。曾被魔界支配过的小睦不会输给任何世人之手，她就像赤手空拳与狮子对敌的强者。所谓的欺凌，必须在确保被欺负者不会逆袭的情况下实行。”

“欺凌这种行为是不可以的！”

我又狠狠地冲这浑蛋挥了一拳。

“好痛！别！别打了！”

“不过呢，陆奥睦美确定无疑就是元凶。我要严厉追究她。”

“我劝你还是不要管小睦了，毕竟胳膊拧不过大腿哦。”

我最后给他一拳后，继续走向学校。

利用课间休息、在美术教室画画以及换体操服的时间，我不停地偷偷观察陆奥睦美。她和往常一样，一直都是一个人。尽管那日放学后以她为中心指挥举行过仪式，但平日里似乎无人向她搭话。正如千叶裕也所言，虽然没有人再敢欺负陆奥睦美，可大家都惧怕地孤立她。

体育课上，老师让我们每五人一组测试接力赛跑。轮到我时，我拔腿就跑，甚至赶超了班上男同学，拿下了接力赛跑的冠军，就连时间记录员也为我的成绩吃了一惊。但我并不在意所谓的成绩，心思完全放在了观察陆奥睦美上。她一个人伫立在远处，睫毛低垂，有些忧郁地玩弄着自己的长发。

虽然对我注视的目光有所察觉，但她仍然保持那副神情，举手朝我挥动。这是个友好的举动。对她而言，我是被她保护不受犹大诅咒侵害的羔羊吧。我是不是该听从千叶裕也所言，不要直接与陆奥睦美为敌，顺从胳膊拧不过大腿这一道理，暂且先对她唯命是从才是上策？是不是最好不要跟不了解的人扯上关系？反正还有半年就升入高中，以后的学习生活就与她毫无关联了。可是，我的自尊心又作何感想？

当我在操场如此翻来覆去思考时，体育女老师却在公布参加接力赛跑的选手名单。

“木村、安藤、铃木、久保，还有最后一棒有栖川。接力赛跑就这五个人啦。”

体育老师之所以选拔出这些选手，似乎是因为体育节的时候要举行男女混合班级接力赛跑。我和其他同学一样，听着老师的决定。虽然有一瞬我没反应过来，但当老师将视线投向我时，我才终于意识到老师口中的最后一棒有栖川是指我。

我对“有栖川＝我”这件事还没有太深刻的认识，虽然周围的人都坚定不移地称我为有栖川彻子，可我仍不适应这个名字。既是如此，那我到底是谁？前阵子还在使用的黑柳姓氏已经不再属于我，一股不安向我袭来，连自己的轮廓都变得模糊起来。偶然间，我有种悬空感，与搬家那天的感觉一模一样。

3

为了与父亲相见，我踏上了前往镰仓的电车。我坐在摇晃的车厢内，欣赏着车窗外的景色，镰仓的街道果真是赏心悦目。我来到每次与父亲会合的日式酒家，酒家里的人对我和父亲早已熟识。

店家穿过榻榻米，用小钵端上一份份清淡的饭菜。用餐时，净是父亲在说话。尽管都是些微不足道的无聊话题，我却非常认真地倾听着。父亲问我在学校过得怎样，于是我告诉了他被选中做接力赛选手的事。

“接力赛选手！你很厉害嘛！”

父亲出乎意料地欣喜。父亲声音的回响声很独特，听上去仿佛是只温驯的大型动物在说话。可从外表而言，他只是个平凡朴素的大叔。

“真有那么厉害吗？谁让我脚快呢。我想拥有更多不同的才能。”

“怎么个不同法？”

“不知道。比如更有用的。”

“脚快不是也很好吗？能参加奥林匹克运动会哦。去参加奥林匹克运动会吧！”

“爸爸呢？脚快吗？”

“很快哦。”

“参加过奥林匹克运动会吗？”

“那个倒是不行啦。”

“你看你都说不行了。”

“不是不行，而是你看，爸爸做什么都只是第二嘛。”

这时，酒家的女招待走过来询问我们要点什么甜点，父亲笑逐颜开地看着她说：

“哇啊，大姐，你皮肤真白呀，跟日本偶人一样。你这儿有什么甜点呢？”

我立即发言说：

“要两个抹茶冰淇淋。”

女招待颔首表示知道后退下了，父亲看着我说：

“不要其他点心吗？”

“可我想好了要抹茶冰淇淋嘛。”

“那就这样吧。原本人家还想再跟那位大姐多聊几句的。”

“色鬼。”

走出酒家后，我们来到鹤冈八幡宫[①]散步。父亲被眼前朱红色的神社主殿所吸引，注视的神情充满感慨，而我则早已看腻，提不起任何兴趣。不过，这里巨大的银杏树总能令我为之惊叹不已。耸立的银杏树树叶一片金黄，像是要刺入天空般茁壮伸展。父亲一边在院内漫走，一边没完没了地继续跟我闲聊，话题也是自然如往常一样乏味凌乱。

“不是有那种挑战零点几秒的比赛吗？不管怎么说，参赛者都属于脚快的人，可像你这种脚快的人，理应非常罕见才对嘛，看这类人互相竞争还真是件焦急的事啊。这让我想起了儿时抓独角仙和大锹形虫，让它们互斗打架的情形，不

① 鹤冈八幡宫：是一所设立在日本神奈川县镰仓市祭祀八幡神的神社。

过有我这种想法的家伙定然无法成为奥林匹克运动会选手，那真正的选手会如何感想呢？说不定也有人在赛跑时会心想：‘不管怎样努力也赢不了猎豹吧？’”

前方有座朱红色的小桥横跨在水池之上，我和父亲慢慢地踱上小桥，这时父亲的手机响了。也许是考虑到我的心情，父亲迟迟没有接起电话。

“是工作吧？不接吗？”

“哇，你刚才的语气跟你妈一模一样！”

说完，父亲从旧大衣口袋里掏出手机。电话中似乎有要紧事找父亲，所以他不得不离开。

我们一同徒步十来分钟到达镰仓车站，车站前停有警察巡逻车，父亲径直走向汽车。司机是父亲的一位刑警部下，已经见过我好几次。

“抱歉，下次见啦。替我向你妈问好！”

父亲这样交代后钻入巡逻车，在车子的副驾座上落座。伴随响亮的警笛声，警车出发了。每当有事件发生，父亲就会被这样叫走。我挥手送别父亲时，突然想起装在书包里的纸袋，我必须将这个纸袋转交给父亲。

“爸爸！”

我取出纸袋，拼命追赶父亲搭乘的巡逻车。一辆辆自行车被我赶超，我避开行人，穿过人行横道，然而巡逻车在警笛声中越驶越远。好在我紧追不放，在跑了好几段街区后，巡逻车慢慢减速停在了路边。父亲应该是从反光镜里注意到了我，当我气喘吁吁地跑近副驾座，父亲摇下窗户，满脸惊叹地说：

“你从站前一直跑到这里吗？你的脚力真不错哦。”

“这是妈妈给你的，请你看看。”

我将纸袋递入车窗内，父亲马上打开纸袋，里面是本母亲新写的小说，《警视厅搜查一课刑警的原配》。

“哦哦，谢谢。”

父亲让坐在驾驶座上的部下看了眼封面，一副自豪得意的样子。紧接着，他向部下讲述起母亲的事：“我老婆呀……”说实话，父亲这种表达还真是挺新鲜的。将母亲的书交给父亲后，我总算打心底松了口气。父亲对深呼吸中的我说：

“你的脚这不派上用场了嘛。接力赛加油哦。”

“爸爸也要加油工作哦。”

巡逻车再度鸣响警笛，渐行渐远，而我则原路返回车站方向。我想，我要慢慢走回去，但不知从什么时候起，我又跑了起来。

我开始跑步了。一到休息日，我就穿上运动衫从早跑到晚。清晨穿过商店街时，蔬菜店的老板会抛个苹果给我以作鼓励。接过苹果的我一边咬着苹果，一边跑上楼梯，元气满满。回家洗完澡，我会做一些伸展运动，缓解全身肌肉疲劳。当然，我也坚持去芭蕾舞教室上课。

围绕城镇跑上好几圈后，我累得精疲力竭，直接瘫倒在公园的长椅上。突然，视线侧面的余光中出现了一个熟悉的身姿。翻过花草丛，坐在喷泉旁的正是班主任荻野老师。不过，她并非一人，还有个人与她并肩坐在一起，但看上去又不像是约会。

坐在荻野老师身边的人低垂着脸，正在哭泣。再仔细端详，发现是位女性，而且她的轮廓及服饰总感觉似曾相识。当我看清那女子的真面目后，心头一惊，我确定她就是住在隔壁家的荒井阿姨。

为什么这两个人会在一起呢？为了偷听她们的对话，我绕到花草丛后方，再慢慢靠近。这时，耸动着肩膀的荒井阿姨说：

“是不是我的教育方法有问题呢？”

“怎么会呢，一定不是这样的。”

荻野老师像是在斟字酌句般慢悠悠地回答道。旁人看来，还是蛮体贴的。

“可是，难得老师抽空来一趟。”

“别在意，虽然只是听到了小花的声音，但我已经放心了。”

荒井阿姨用手帕擦了擦眼角。随后，两人都站起身，走向公园入口取自行车。路上，荒井阿姨一直深深地低垂着头。

“那孩子就拜托你了。”

“那是自然，下周这个时间我还会再来。”

荻野老师跨上自行车，告别后开始往坡下骑。当确定荒井阿姨已经朝自家方向离去后，我开始奋力追赶老师的自行车。跑过几条街区，终于在一台自动贩卖机旁追上了她。

“老师！等一下！”

“有栖川同学？！”

虽然很是讶异，但荻野老师立即摁住了刹车。我跑至老师身旁，询问道：

“我是从公园跑过来的。那位阿姨为什么道歉？又为什么哭？她是我家邻居，也是我清晨的天敌啦，老是因为扔垃圾的事跟我家纠缠不清。”

接着，我跟老师解释了在公园看到她俩并偷听了她们对话的事。

“虽然我印象中你们的地址不是一处，但没想到你是小花的邻居呀……”

“小花？”

“荒井花。我们班的同学哦。你看你身后的座位不是一直空着吗？”

“欸？啊啊！那是那孩子的……啊啊！”

瞬间，住在荒井家的那位少女的脸不禁在我脑海浮现。我身后的座位一直没人坐，我还纳闷座位的主人到底是个怎样的家伙，虽然毋庸置疑的是，这家伙不来学校一定是拒绝上课，但竟不知是隔壁花园家的孩子。

荻野老师下车后马上从旁边的自动贩卖机买了果汁递给我，我们一边喝着果汁，一边聊起来。原来，荻野老师是来见拒绝上课且闭门不出的荒井花的，但她将老师拒之门外了。

“那孩子为什么会闭门不出呢？”

“我也不清楚啊。”

“有没有哪位同学知道缘由？”

问完这句，我脑子里不由得开始浮想联翩：那孩子之所以闭门不出，甚至都不愿意拉开窗帘，会不会是陆奥睦美的错？陆奥睦美背地里操控着同学们，会不会是她加害了那孩子？然而，事实并非如此。

“那孩子已经有一年多没来过学校了。”

“有一年多？”

现在是十月份，陆奥睦美被犹大的灵魂附体，抽搐之际袭击千叶裕也的事件发生在今年五月份，所以，荒井花早在陆奥睦美背地里操控同学之前就已经闭门不出了。换句话说，她足不出户的原因应该与陆奥睦美及现在的三年级二班无关，一定是因为其他理由。

“那孩子应该是从二年级的时候就不来学校了吧？”

荻野老师摇摇头，说：

“不太对哦，因为荒井同学其实比你高一级，要是没有发生拒绝上课这种事，她现在就是高一学生哦。所以，她是从上一届的三年级二班开始不来上课的。”

“三年级二班？是留级了吗？初中也有留级哦。”

“尽管出席的日子很少，但还是可以毕业的。只要她本人及监护人愿意，可以重新申请。”

荒井花在上初三时，从五月下旬开始一直处于请假状态。而荒井阿姨似乎很犹豫是否要让女儿就这样毕业。

此外更甚的是，所谓的去年三年级二班，不就是犹大所属的班级吗？那孩子所属的班级，就是发生了犹大被四个犹大杀害的诡异杀人事件的班级。难道说，她与这起事件有关联？

“老师，关于杀人事件，你知道些什么吗？”

“杀人事件？”

“就是犹大事件呀。据说去年三年级二班发生了那起事件。”

荻野老师皱了皱眉头。

“是不是有什么误会？我可没听说过我们学校发生过那种事哦。老师我是今年才刚到任的，对学校的事情虽然可能不是全了解，但要是发生了那种事的话，我想其他老师应该会说给我听的。”

荻野老师对犹大这个名字貌似也没什么线索，换作去年三年级二班班主任的话，或许会知道些什么，可惜那时的老师已经退休移居国外，没法直接向其询问了。前任班主任将足不出户的少女交接给荻野老师时，也未曾向她提及什么杀人事件。

“荒井去年在班上也没有被其他同学欺凌哦，自从升入初三后，听说大家都处得很愉快……”

“应该还是在学校遭遇了什么才对，有人在故意隐瞒事件。”

“有栖川同学，你要不要去调查下她？如果知道了她闭门不出的缘由，还请告诉我。”

“没问题，我会把调查当作工作一样对待。”

“要是你把她带到学校来，我一定重谢。”

“那给我三万日元。”

“不能给钱哟。”

“我会为了三万日元加油的。”

“都说了不行了，作为替换，我赏你好东西。”

“什么好东西？”

“老师的拥抱之类的。”

“为了三万日元，我会加油的。”

“你有在听我说话吗？”

其实三万日元只是个玩笑，之所以答应荻野老师是因为我还蛮在意荒井家那位宅女，不管怎么说，我们毕竟是邻居嘛。

我将喝完的果汁空罐扔入垃圾箱。临别之际，我向荻野老师追问道：

“那孩子叫什么名字来着？”

“小花呀。荒井花。”

“荒井花。”

现在，我已经知道那个躲在窗帘背后的少女叫什么名字了。

4

我们列队站在石森学园初中部的操场上，首先大家要聆听校长致辞。选手宣誓后，初中部的第一项比赛随之拉开帷幕。那些端着摄像机的家长已经将操场围得水泄不通。

我参加的初三年级接力对抗赛是上午的最后一个项目，因我是初次参与，不太清楚情况，但据说每年的接力对抗赛都能引得全体赛场为之沸腾。追其缘由，首先是因为接力赛的场面无比精彩，其次如能胜出，好像还能名誉大增。作为三年级二班团队的最后一棒，我站在起跑线旁伺机而动。

“砰！”枪声响彻晴空，接力赛开始了。第一棒选手刚迈出步伐，空气里就充满了家长们那气势庞大的助阵声。所有选手不愧是精选人员，大家都跑得非常快。眼下局势咄咄逼人，刚想好不容易超过了，却又在下一秒被反超，紧接着再被反超。比赛名次交替激烈，当其他班第四棒接过接力棒时，我们班的第三位选手才刚开始起跑。

终于，各班最后一棒的选手们都各就各位地并排站在了白色起跑线边，通过观察，我发现自己在这些人中身材最小。为了缓解全身肌肉，我轻轻往上跳跃了三下。此时家长们的加油声震耳欲聋，他们让我感受到了气氛的狂热。

目前跑在最前面的是其他班的第四棒，这位选手迅猛地与第二名及其他选手拉开距离，跑完一圈后将接力棒递给了最后一位赛跑者。眼看那位最后一棒独自一人从起跑线飞奔出去，而包括第二名在内的其他队都被甩在后方，终于，这些落后队伍的最后一棒也都一个个接过了接力棒。

当第四棒将接力棒递给我时，跑过我身旁的其他班选手的胳膊肘正好撞了下我的手，以致我没能接住递过来的接力棒。换句话说，我们三年级二班在递接力棒这一环节出现了失误。瞬间，家长和同学们发出了既不像悲鸣又不像怒吼的喊叫声。

我赶紧弯腰捡起塑料制的红色接力棒，其余选手都与我拉开了很大一段距离，而第一名更是跑在离我很远很远的前方。我快速瞟了眼三年级二班的同学们，他们看上去似乎已经不抱希望，既有打哈欠的男生，也有开始与旁边同学闲聊的女生。此外，还有向没接住接力棒的我竖中指的同学、将身子缩成一团的同学，以及掏出手机开始发短信的同学。可即便如此，我还是冲出了起跑线。

嘈杂吵闹的声音在奔跑中渐渐消失，我只能听见自己急促的呼吸声，还有心跳加速的声音。家长们的照相机在一下下闪光，我能清晰地看见那些挥舞手臂、口喊加油的家长的脸庞。终于，我追上了大集体，第一个对手被我超越，紧接着是第二个，他们的呼吸声在我身后越甩越远。我沿着跑道外侧奋力追赶，渐渐地，那些紧握接力棒、竭尽全力奔跑的选手一个个被我赶超。

随着前方对手的减少，我的视野变得开阔起来。跑道线引领我向左拐弯，跑在最前方的选手跃入眼帘，他也在拼命地奔跑，就像一只在辽阔热带大草原乱窜的兔子。提起兔子，我不禁突然联想到《爱丽丝梦游仙境》的故事。主人公少女因追赶兔子掉入兔子洞，故事因此展开。可话说回来，她为什么要去追赶一只兔子呢？是为了吃掉它吗？由此我又想起之前与父亲在海边打扑克牌的事，那日我最喜欢的扑克牌被海风刮走了，而那张牌的图案就是《爱丽丝梦游仙境》。我如此想着，不知不觉竟冲过了终点线。

咦？我纳闷地环顾了一圈，这时，落后的其他选手也一个个抵达了终点。

“第一名三年级二班！三年级二班！”

广播中播音员的声音很亢奋，而现场的欢呼声更是响天动地。话说，我是什么时候赶超跑在最前方的选手的呢？

上午的比赛告一段落，全员进入休息时间。同学们开始各自找地儿吃便当，经过观察，我发现大部分人都是呼朋唤友，几个人围成一圈坐下共同享用，也有些人选择跟家长一起吃，更有甚者独自坐在树荫下悠哉啃食。抱着便当盒的我也不例外，正盘算找个舒适的地方，当我走至家长席附近的空地，发现母亲竟然来了。她身穿带褶边的连衣裙，坐在垫布上，身旁放置着郊游用的篮子、葡萄酒瓶和葡萄酒杯。我跑到母亲跟前，她一个劲儿地替我鼓掌。

“我不是说了你可以不来吗？”

“你好厉害啊！你怎么可以跑得那么快呀？”

“因为之前接受过特训嘛。话说妈妈，在学校是不能喝酒的哦。”

“这是葡萄汁啦。”

“真是混淆视听！”

说完，我打量了母亲一番，她的打扮只能用“浮夸”二字形容。服饰不仅偏少女风，看上去还像是精挑细选过。要是在母亲身边吃便当，定会成为众人的焦点，于是我打算移到其他地方自己吃，走之前母亲说：

“我还以为你被人欺负得很惨，没想到反而这么有人气，我总算放心啦。”

接力赛结束后，喜出望外的同学们都围着我，将我抛向空中以表庆祝。唯有今天，他们才毫无保留地接纳了我。看着母亲的笑颜，再想想幸好参加了特训，能让母亲看到这幅场景，我真是打心底开心到不行。

当我端着便当盒四处寻找可以吃饭的地方时，发现已经基本没有空地。正当彷徨之际，遇上了陆奥睦美。穿着体操服的她即便是在大晴天下，也让人有种被黑魔术笼罩的诡异感。跟我一样的是，她也抱着一个看似便当盒的东西，正在寻找可以落座吃饭的地方。

“那边那位是你的母亲吗？”

陆奥睦美指了指我母亲，如此问道。即便相隔很远，但母亲那套少女风的服饰依然异常醒目。我想，估计是她看到了我和母亲谈话的场景吧。

“没错，有什么问题吗？”

“没想到我和你还有偶然相像的地方。”

“你什么意思？”

“你看那边。”

紧接着，陆奥睦美浮现出无畏的笑容，再以夸张的演技动作指了指后方。顺着她手指的方向，那边也都坐满了家长，大家都坐在垫布上愉快地吃着午餐。然而，虽然相隔较远，但我仍看见人群中有位身穿奇装异服的女性。这位女性尽管已到中年，身上的衣服却是哥特系萝莉风，她一只手撑着晴雨两用伞，一只手举着类似贵族欣赏歌剧时使用的小型望远镜正眺望着我们这边。另外，跟我母亲一样，她也准备了葡萄酒瓶和葡萄酒杯。

“唔唔！”

我不禁讶异到无语，而站在一旁的陆奥睦美则狠狠瞪了我一眼，说：

“你这是什么反应？唔唔唔的是什么意思？！”

“比起我妈，那位可是更胜一筹啊！”

“你刚才是不是发出了唔唔唔的声音？”

“没有，没有啦。”

“你就是有。你知道你是托谁的福才能如此有人气？大家之所以敢放心地举你、抛你，都是因为我重新画了禁区，现如今面对恩人的母亲，你竟然发出唔唔唔的声音，你不觉得自己很过分吗？”

“是哦，抱歉。”

“不过你的反应也是情理之中，都五十多岁的人了，还穿哥特系萝莉风的衣服。明明跟她说了不用来的。”

如此看来，我们貌似遇到了同样的问题，为了远离显眼的母亲，都分别想要独自找个清静的地方吃饭。出于无奈，我俩最终决定一起寻找。

“我们去教学楼吧。”

在陆奥睦美的提议下，我们进入了教学楼。平时喧哗热闹的走廊今日却空空荡荡，我们上楼后穿过走廊，进到三年级二班的教室，陆奥睦美选择回到自己窗边的座位并招呼我坐在她身旁，然后我们各自摊开便当。

我带的便当是早上起床后自己做的稻荷寿司，陆奥睦美的午餐则是三明治，她说这也是她自己动手做的。不知从什么时候开始，我们互相交换菜色一同品尝起来。当我夹块稻荷寿司放在她的餐盒内，她却放了两块三明治在我的便当盒里。

“给我两块合适吗？”

“我们要根据食物的重量进行等价交换哦，我觉得一块稻荷寿司的分量相当于两块三明治。”

我从没想过有一天会和自己曾说要严厉追究的人这样一起吃饭，好在感觉也不坏。陆奥睦美用纤长的手指捏起稻荷寿司，咬了口边角后将视线移向了窗外，然后像是注意到了什么似的说：

“哎呀，那边那位是魔界之母。”

我原以为她在说自己的母亲，刚才那副哥特系萝莉风的装扮也确实很符合魔界母亲的形象，但紧接着我察觉多半不对，因为她目光的尽头是另一个人。沿着陆奥睦美的视线，我终于看清了，站在校门口的人不是别人，而是荒井阿姨。她满脸忧郁地凝视着大家，看样子是来打探体育节情况的吧。

“魔界之母？你是指荒井阿姨吗？”

“那位满身都是强烈负能量的阿姨，要是你认识她的话，说明你的灵感很强喔。”

“那是我隔壁邻居啦。”

“那真是太巧了，她就是坐在你身后、从魔界消失的学生的母亲哦。”

“我知道。”

“真是可怜呀，迟迟忘不了消失的女儿，常常鬼鬼祟祟地出现在校园里。”

“她女儿并没有消失哦，她只是闭门不出而已。”

陆奥睦美露出了无聊的神情。

“麻烦你有点神秘感好嘛，她是被犹大的灵魂拖走不见的。”

“抱歉我没能配合好你的把戏。话说，犹大到底是什么啦？”

吃完稻荷寿司，陆奥睦美飞快地舔了舔手指，那动作不禁让人联想起微微露出的蛇芯子。

“我可以告诉你，不过你要发誓不会把我告诉你的话告诉别人。”

“我发誓不会告诉别人。”

“犹大是去年三年级二班的一位男学生，他有四个妻子，但犹大并没有分别告诉她们自己还有其他妻子。有一天，这个秘密被四个妻子得知，后来犹大中了毒，那毒药的名字叫Anaphylaxie[1]。谁都不知是谁下的毒，那四个妻子对犹大的死也是闭口不言。”

Anaphylaxie？

我听过这个单词的读音。稍作思考，我想起来了。

“这不是你念过的咒文‘打开洞穴’吗？！你当时的发音就是Anaphylaxie！”

尽管疑问消释，但道理仍未全说通。

“那家伙不是初中生吗？怎么会有四个妻子呢？！”

“我也不知道哪句是真话，哪句是假话。”

“你是说有可能是假的？”

“所谓的杀人事件其实很可疑，要真发生了那样的事，通常警察和电视台记者都会过来，可去年学校并没有警察或

---

① Anaphylaxie：德语，单词的意思是无防卫现象，即过敏性反应，但该单词的发音与日语“打开洞穴”相似。

记者来过。虽然三年级二班的犹大确实消失了，但一定是转校了吧。而那些不明真相的其他同学借机捏造出犹大诅咒的谎言，并贪玩无知地将其扩散开，与厕所花子及学校七大奇迹的诞生同出一辙。”

“你被犹大灵魂附体也是装出来的，对吧？”

“没错，我利用了谣言。”

说完，陆奥睦美回头看了眼我的座位。

“我曾听说那以前是犹大的座位，但今年新学期开始后，那个座位分配给了我。”

“是喔，我从千叶那里也听说了。”

今年四月分班时，本届三年级二班的学员名单也跟着下来了。开学那天，大家用抽签的方式决定座位。

顺便说一下，全班同学只有荒井花的座位没有变动，听说好像是荒井阿姨跟荻野老师说过希望不变动女儿的座位。或许她觉得当女儿放弃宅在家里，来学校上课时，坐自己原来的座位会有助于女儿尽快融入课堂吧。但要是换作我，我就会选择坐最后一排，因为那种地方不显眼，不过各人有各人的想法啦。

“在我们四月入学成为三年级二班的学生时，关于犹大诅咒的流言已经在全校扩散。而且，当时还流传说，荒井花之所以宅在家里是因为她仍被犹大诅咒。”

诅咒的中心点就是犹大的座位，据说那里残留有被杀害的犹大的怨念。可根据抽签的结果，那个座位最后分配给了陆奥睦美。

“真是太惨了。我坐在那个位子的一个月内，没有任何一个同学开口跟我说话。此外，还有人用橡皮擦砸我，不准我靠近他们，最后甚至被他们称为犹大。我怕长此以往只会越来越糟，所以心生一计，那便是假装被犹大附体。就这样，我在全班同学面前抱头抽搐，嘴里还不停地喊叫‘Anaphylaxie！ Anaphylaxie！ Anaphylaxie！’逢场作戏时，就连自己也不知道为什么要这样。”

“连你自己也不知道为什么要那样？”

“是的，在撒谎故意表演时，自己的想法也跟着发生了变化。那到底是不是真实的自己，我已经分辨不出。如果换作是你，应该也会一样吧。按照自己的喜好假扮成另一个人，与那个人邂逅后，不知不觉便会遗忘自我。”

“是吗？”

对此我不禁有些质疑，那种情况下滋生出的情感是真实的存在呢？抑或只是暂时的混乱？

陆奥睦美稍稍扬起下巴，将白色的头皮凑到我眼前。

“那日，我发现自己假戏真做地挠破了头皮，制服的领子沾满了血迹。可我一点也不觉得疼，我痛快地大笑，所有同学都被我吓到了。”

我重新仔细看了看她的头皮，上面残留有几道淡淡的白色伤痕，这些伤痕或许没法消除了，但正因为陆奥睦美的这一行为，才使得全班同学惧怕她、顺从她。

“那最后犹大到底是怎么一回事？为什么会有四个妻子？”

“不知道。”

“不知道？”

“我跟你一样，是犹大的牺牲者。”

“跟我一样？你不是怂恿大家孤立我吗？”

“你误会了，即便我什么也不说他们照样会孤立你，因为你坐的是犹大的座位，以前坐那个位子的我不也被人用橡皮擦扔过吗？”

“那应该怎样才不会被孤立？”

“反正那个禁区不能擦掉，因为万一被擦掉却什么事都没发生的话，大家就会知道是我在背后捣鬼撒谎。要怪只能怪这个班的上届学生，谁让他们到处散布谣言，搞得大家都认定那个座位是被诅咒的。”

“要如何才能解除诅咒呢？”

毕竟诅咒这种事是扑朔迷离的主观产物，既看不见也抓不到，所以很难想出破解之法。可一旦犹大座位的诅咒被破解，同学们对我的态度就一定会有所改观。

“只要证明犹大这件事是个谣言不就可以了吗？我们可以列出证据证明班上并没有发生过什么杀人事件。”

我非常认同陆奥睦美的建议，字字在理，我们只要调查清楚犹大的真实身份，向大家说明他并没有死。如此一来，不仅犹大灵魂被封印的白痴流言会被消除，我期待已久的太平生活也将随之到来。

“好，就这么办。我去调查犹大的真实身份，流言也一定存在起源，首先看看能否搞清楚起源吧。”

我想，我家旁边不就住着个去年三年级二班的证人吗？不知找她打听去年到底发生过什么事能否行得通，当然，我说的她就是荒井花。

“我希望你什么也打听不到，因为没了诅咒，大家就不会顺从我了。”

陆奥睦美如此说完，咬了口三明治。

这时，外面的广播声响了，午餐时间结束，似乎午后的比赛要开始了。我和陆奥睦美走出教学楼，径直向三年级二班的帐篷走去。途中穿过家长席时，发现有对奇妙的二人组合正肩并肩地坐在同一张垫布上，她们便是我的母亲和陆奥睦美的母亲。在我看来，身穿白色少女系服装的母亲和身穿漆黑色哥特系萝莉风的陆奥睦美的母亲真是对异类。

“你们以前就认识？”我凑向母亲询问道。

“今天是第一次见面哦，一定是合眼缘，我们聊得很好。”

坐在一旁的陆奥睦美的母亲看上去简直就像个魔女。当我和陆奥睦美继续前往三年级二班的帐篷时，魔女一直挥动着戴有黑色皮革手套的手，目送我们离开。

体育节在傍晚时分落下帷幕，我和母亲踏上了回家的归途。因参加比赛，我疲惫不堪，下了电车后，我拖着沉重的步伐，从车站走回家。途中母亲发话道：

“那位老师，今天也很帅哦。”

“你在说谁？”

“你开学的时候不是遇到过吗？蜗牛，蜗牛啦。”

走到家门口时，我们发现邮箱有信件，取出细看，原来是出版社赠寄给母亲的杂志，另外还有封宣传站前西装店的广告信。西装？话说来到这个镇上后，我和母亲就从未进过卖西装的店，因为我家现在全是女性。再仔细查看，发现信封的收件人名是个从未见过的名字。

“汤田辉男先生”。

母亲从一旁探过头来瞟了眼广告信，说：

“地址是这里没错，会不会是之前住在这里的人？”

“汤田……”

我突然感觉这个姓在哪儿见过。我打开大门，爬上楼梯，飞奔入位于二楼的自己的房间。紧接着，我打开壁橱，拉出放在上层隔板上的纸袋。这个纸袋我只在刚搬进来的第一天见过一次，是之前住户遗忘的行李。纸袋里装着的是学校发放的考卷及分数超低的答卷用纸，我再次看了看名字栏，上面写着的名字是“三年级二班·汤田光太郎”。

三年级二班的汤田……

犹大……

我环顾四周，答卷用纸从手中滑落，也许，这里是犹大的房间。

在我和母亲搬家之前，使用这个屋子的人，恐怕就是犹大。

第三章

1

今天又梦到了他。

我和汤田光太郎一同漫步于墓地，乌鸦振动着它那黑色的羽翼，从我们头顶飞过。他拿起供奉在墓碑前的苹果，从远处扔给我，接住苹果后二话不说我就咬了一口。甘甜的苹果汁在舌尖扩散，我感到心满意足。光太郎坐在墓石上，抬头仰望天空，此时的天空已被乌云覆盖得严严实实。

“我们定下约定吧。”

光太郎说。他那柔顺的发丝正随风飘舞。

“约定？”

“结婚的约定。”

顿时，我的心怦怦直跳。尽管脸颊热得滚烫，我依然点了点头。

“好呀。”

“约定成立。根据《婚姻法》，你的姓氏要变更。”

从今往后，我不再叫荒井花，而是汤田花。

光太郎眯起双眼，将脸凑向我，我想我们接下来就要接吻了，可光太郎突然向后退了几步，他的视线正投向我后方。沿着他的目光，我回首张望，那边立着一块刻有“汤田光太郎”名字的墓碑。为什么他的名字会刻在上面？当我被疑问团团围住之际，手中还没吃完的苹果突然开始腐烂了。不仅咬过的地方变成了黑色，就连形状也变得软塌塌。我松开手指，苹果吧嗒落在地上。

与此同时，光太郎开始口吐鲜血。

“光太郎！”

我呼喊着他的名字。

滴在地面的鲜血简直就像朵蔷薇花。

我们家与隔壁汤田家的关系非常紧张，光太郎的父亲任职于一流商社，所以他母亲总是一个劲儿地在外人面前炫耀自己的丈夫，我母亲也因此视汤田家为眼中钉。另外，由于我母亲患有过度臆想症，常常把自己的揣测述说得如事实般客观，因此光太郎的父母也很厌恶她。

然而，两家孩子间的关系却另当别论。我时常跟汤田家的姐弟一处玩耍，其中姐姐汤田麻衣待人非常亲和，她貌似很喜欢植物，常常从自家眺望欣赏我家花园里盛开的鲜花。而对待对植物饶有兴趣的麻衣，我母亲的态度也是截然不同的亲切。

小学暑假时，因学校让学生做自由研究，我和汤田麻衣趴在我家布满蔓草的窗边，一起观察熊蜂。熊蜂是蜜蜂的一种，有些地方也称为“马蜂”。熊蜂的体形短粗胖，脑袋及屁股呈黑色，胸部附近长有一撮细小的黄色毛发。这些熊蜂在我家窗边飞舞活动，孜孜不倦地从绽放的鲜花间采集蜂蜜，然后运向其他地方。或许在蜜蜂眼里，我家就是一大块蜜块吧。

汤田麻衣借给我好几本她推荐的少女漫画，托她的福，不知从什么时候起我彻彻底底地喜欢上了少女漫画。后来漫画书越买越多，我只好恳求母亲在我的房里添置个书架。

“这个书架是不是倾斜了？”

汤田麻衣仰视了下我房内的书架询问道。也许因为是便宜货吧，制作工序难免有些偷工减料，但只要能放书就行了。每次麻衣来我家玩，我们都会一起埋头阅读少女漫画。

即便麻衣小学毕业升入初中，我们的交流也从未间断。后来，她迷上了塔罗牌占卜，而我则成了她占卜的实验品。

“你现在有喜欢的人吗？”

她摆好牌后如此问道。

“没有啦。”

“可牌说你有。”

“人家都说了没有。”

“一定是有，只是你没察觉罢了。”

“不可能啦。牌说了是谁吗？说了名字吗？”

“具体指谁倒是不知，但牌说了这段恋情不会有结果。”

“呃……”

“你果然有中意的人。”

“没有，没有，没有，完全没有。”

接着，我们开始大口大口地舔食蛋糕。蛋糕是母亲从站前买回来的，上面覆有一层软软的鲜奶油。但我们还没吃完，大门的门铃便响了。

应该是母亲去开了门。因我的房间位于楼梯旁，出于好奇，我将脑袋探出了房门。立即，门前苗条少年的身姿跃入眼帘，此人正是汤田光太郎。

“我姐姐在吗？”

光太郎向母亲问道。他多半是来叫姐姐回家的吧。

“哇！已经这么晚了呀！”

麻衣边说边下了楼梯，而我也跟了上去。当我站在大门口，向穿上鞋后直接离去的麻衣挥手道别时，光太郎却一直注视着我。随即，这位与我同年的少年用手指指了三下自己的嘴角，我下意识地擦了擦自己的嘴角，原来还有鲜奶油沾在上面，正当我觉得特别不好意思时，汤田光太郎却眯起双眼露出了微笑。

•

宅在家时，往事总在脑海飘来飘去。现在透过窗帘的缝隙向外张望，已经无法再次看到邻居汤田的身影。现如今，一直空着的房子有对母女入住了。

我每天都过着足不出户的生活，有时我会一直待在房间里看少女漫画，有时会玩游戏，有时也会看一天的电视剧。昼还是昼，夜仍是夜，该睡觉的时候就睡觉，该吃饭的时候便吃饭。

母亲似乎非常希望我能回校继续上学，今年新上任的班主任也偶尔会在我房门外开导我。她是位名叫荻野的女老师。不过，虽然我并没在家学习，但学习这种事其实在家也能做。

尽管有时也会觉得寂寞无聊，但能宅在这间被植物覆盖的房子里，也算是种平静的生活。实在闷得慌了，就看看窗外，借此打发时间。我会观察那些走在路上的上班族及小学生，而且一看就是好几个小时。我的窗户旁绿植繁衍茂盛，当我透过窗帘缝隙、穿过爬山虎等枝叶眺望外面的世界，总有种人类在另一个空间行动生活的错觉。直到隔壁少女来访之前，我都是这样度日。对我而言，这是平淡却宁静的日常。

那天，母亲因要外出买东西，我站在大门口送她出门。借此机会，我拜托她顺带帮我买本少女漫画杂志回来。

“我顺便要去趟干洗店，所以可能会晚点回，你记得锁好门哦。”

“嗯。”

母亲没有锁门便走了。这时，放在燃气灶上的水壶突然鸣响不停，原来是我为了喝红茶事先烧的水煮好了，我匆匆忙忙奔入厨房，里面已经是雾气一片。我关掉火，泡好红茶后便直接上楼进了自己的房间，然后趴在窗边玩起了纵横填字字谜。我单手攥住圆珠笔，聚精会神地填着字谜。窗外忙于采集蜂蜜的蜜蜂正砰砰砰地撞击着窗户玻璃，十月仍是蜜蜂们的活动时间，一旦入冬，除女王蜂以外，其余多半都会被冻死。

大约一小时后，我看见隔壁家有个少女出来了。据母亲所述，这位少女比我小一岁，现在跟我是同班同学。她手脚纤细，身材苗条，扎着一股马尾长辫，另外似乎很喜欢运动，不仅最近常常致力于跑步，搬家的那天还在空荡荡的房子里快乐地跳舞，如果没记错的话，当时她跳的应该是古典芭蕾吧。

我从窗帘的缝隙里观察着少女的一举一动，她抱着一个纸袋穿过街道，下一秒便从我的视野消失不见了。紧接着，我家大门的门铃响了。

我站在房门口俯视大门，透过镶嵌在门旁的磨砂玻璃，我能模糊地辨别出站在门外的人是位少女，多半是那孩子来拜访我家了吧。我是否该回应打开房门呢？犹豫了几秒后，我选择躲避麻烦，假装没听见。回房后，我倚坐在书架旁，继续将注意力投入纵横填字字谜。

门铃连续响了很久，“赶紧放弃回家吧”，我在心里暗自嘀咕道。可隔壁的少女并没有就此作罢。

“您好！”

伴随着少女的招呼声，我听见楼下大门被推开的声音。我立即抬头，纳闷门锁难道是坏了吗？还是没锁？我回想了下，当时母亲出门买东西交代我锁好大门，可中途水壶突然响了，我急忙赶去关火后便彻底忘记锁门这档子事儿了。

“有人在家吗？”

她该不会不请自进了吧？这可是非法入侵哦。我放下字谜及圆珠笔，从地板匍匐爬行至楼梯口，然后从楼梯扶手的内侧俯视观察楼下。

大门被稍稍打开了一条缝隙，抱着纸袋的少女正窥视着屋内。明明迄今为止都是我透过窗帘缝隙窥视她，现在却反倒被她窥视了。

“有人在家吧？荒井阿姨？荒井花同学？”

终于，少女那彷徨的视线与楼梯上的我会合了。她的表情瞬间变得明亮起来，充满好奇的双眸更是闪闪发光。我惊慌地倒退着向后爬，好不容易倒回至房门口时，不幸的事发生了。

塞满少女漫画书的书架摆放在房间入口附近，倒退时我的屁股不小心碰撞到书架，当即书架开始晃动倾斜，我感觉自己的身子上方已经被书架的阴影笼罩，瞬间我下意识地用手护住脑袋，大量的少女漫画书从书架上倾泻而下，书架轰的一声彻底倒掉了，果然是偷工减料的廉价书架啊。尽管书架的木板很轻，但我的身体仍被突如其来的压倒变得无法动弹。我想要爬出来，可是很难。

被大量漫画掩埋的我只能从嗓子眼挤出可怜的呻吟声。

“救……救我……”

2

荒井家的玄关处花香四溢，我轻轻推开房门，探头窥视屋内，一晃瞥见楼上少女的正脸后，她便慌慌张张向后退，再紧接着，我听见二楼频繁传出砰砰砰的骚动声。听到求救的声音后，我连忙脱掉鞋。

初次进入别人家里，我还是挺紧张的。待会儿会不会被荒井阿姨训斥呢？好不容易走到二楼后才算明白了事情的大概，位于楼梯旁的一间屋子四下狼藉，不仅书架倒了，还有一大堆少女漫画散落得到处都是。更令人叹为观止的是，书堆的下面伸出了两条人的胳膊。我见胳膊一动不动，不禁失声大叫：

“死……死了！”

然而话音刚落，压在底下的胳膊便挣扎般地摆动了几下，随之而来的还有一个含混不清的人声。

“我还活着啦。”

“你是荒井花？”

“没错。快把我拉出来，再这样下去就变成压扁花了。”

我一边拉拽那两条胳膊，一边想这个少女现在竟还有心情开玩笑。她两只手的手掌全都面朝地板，看来书架及漫画压倒这孩子时，她正匍匐在地上。我抓住她的双手，她也用力握紧了我的手，我使出全身力气往外拉扯，场景如同曾在电视里看过的雌牛分娩般壮烈。终于，被少女漫画压住的身子哗的一声被拉出来了。

被拖拽出来的她并没有立即松开我的双手，而是不停地耸动着肩膀，反复深呼吸。她看了看屋子里的惨状，继而再看看我。我上下打量了一番，这位少女身穿运动衫，头发蓬乱，一副慵懒的模样，身高估计跟我差不多吧，眉目间看着有点像猫。对，她就是一只不走出花园的家猫。

“你没事吧？”

“我要是死了，那全赖你。”

“为什么？”

“谁让你突然站在门口窥视的。”

“那不是因为房门没锁吗？”

荒井花坐下摸了摸脑袋，似乎并没受伤。难道说她是因为我的到访而受惊，慌慌张张不小心撞倒了书架？接着，她颤颤巍巍地站起身，问我：

“你叫什么名字？”

“黑柳彻子。”

“这不是明星的名字吗？”

“不对，我叫有栖川彻子。”

“你来我家干吗？”

“我有事想问你。”

“问之前能帮我收拾下房间吗？”

于是，我们二人扶起书架，捡起散落在地的一大堆书，然后将它们整理好摆回书架。看她的架势，似乎是不收拾完房间就不回答我的问题。但我发现她在摆放书时还挺随意的，比方说，她并没有按照卷数顺序依次排放，而是捡起哪本就放哪本，以至于第一卷的旁边摆放的竟是最后一卷。我想，要是换作像《七龙珠》那样，按照卷数顺序在书脊部分描绘相连图案的漫画系列被胡乱摆放的话，看着该有多别扭呢？出于无奈，我只好跟在她后面重新整理她摆放过的书。我顺便以出版社为单位，将同一个社的漫画放在一起。此外我还按照五十音图的顺序，将作者名字进行了调换。正当我遵照自己的逻辑收拾书架时，不知荒井花什么时候已经盘腿坐在床上看起了漫画。

“你不整理吗？”

“我刚看了点，现在想继续看下去。”

将凌乱不堪的漫画收拾好后，我重新环顾了一眼房间，然后走向窗边。此时的窗帘被拉开了一条很小的缝隙，窗户边蔓延着数不清的爬山虎及绿叶，抬眼便能看见我家的阳台。

“真是不错的房间呢。”

“是吗？我还打算搬去一楼，将这里改造成储物间。”

我将带来的纸袋递给荒井花，她放下手中的漫画，接了过去。

“这是什么？”

“我想让你看看里面的东西。”

她从纸袋内取出一沓考卷。

“你认识这个人吗？是上一届三年级二班的汤田光太郎。”

荒井花立即面露讶异。她看了看在我屋里发现的答卷用纸，然后摇摇头。

“不认识。”

“不可能呀。你们既是邻居，又是同班同学，他的座位就在你前面哦。”

“你还知道什么？”

“他被下毒杀害了。”

“下毒？”

“说是一种名叫 Anaphylaxie 的毒。”

“Anaphylaxie 不是毒哦。”

“欸？”

“它是一种过敏反应。你知道什么是过敏吧？不是有人一吃荞麦或鸡蛋就会长疹子吗？其他还有小麦、虾、凉粉之类，如果过敏严重，会引发呼吸困难，甚至危及生命。”

“凉粉？”

“身体过敏者一旦吃了或碰了这些东西，他的身体就会认定这是一种毒，并陷入恐慌，这叫作过敏性休克。比方说，有些人会生荨麻疹，有些人的嘴巴及咽喉会因血管扩张而瞬间肿胀，气道闭塞引发呼吸困难，最后不幸丧命。”

“你知道得真清楚呢。”

“是呢。”

她像对待重要之物般，将答卷用纸小心翼翼地放回纸袋，然后接着说：

“因为光太郎是我杀的。”

下到一楼后，荒井花给我泡了杯红茶。她们家的客厅摆有一张沙发，沙发布罩的花样是田园风的小碎花，客厅的窗边摆放着一大排花盆。她抓起一小撮格雷伯爵红茶，撒入水壶，注入热开水，浓浓的茶香立即扑鼻而来。

她说是她杀了汤田光太郎，面对这句突如其来的坦白，我措手不及。所谓的汤田光太郎，就是我正在寻找的犹大的真实面目。虽然我先前听说他是被四个妻子毒害而亡，但现下据荒井花所言，过敏并不是什么剧毒，而且犯人就是站在我眼前的这位少女，不过她还没告诉我具体缘由。我向正在准备红茶的荒井花询问道：

“你也打算杀我吗？”

“欸？为什么要杀你？”

“因为我知道了不该知道的秘密。”

“我不会杀你啦。不过你不能将这个秘密告诉任何人。”

她将红茶倒入杯内，饱含香味的热气轻轻飘散弥漫。

“你对犹大做了些什么？正因为如此，诅咒的谣言才会被流传开的吧？”

“诅咒？什么诅咒？”

“四个妻子投毒杀了犹大的诅咒。”

“怎么会！现在大家都是这样议论的吗？”

荒井花似乎对犹大诅咒一事全然不知。可能是因为她长期不来学校耳目闭塞的关系吧。

“我的座位是犹大曾经坐过的座位。”

“你的座位被诅咒了吗？”

“拜这个座位所赐，我倒霉透了。只要能证明犹大并没有死，就能解除诅咒。该不会他真的被杀了吧？”

顿时，我们不约而同地端起桌上的茶杯，喝了口红茶。因为太涩，我往茶里加了不少白糖。而她则一边盯着茶杯里的红茶，一边回答我说：

“虽然我刚才说是我杀的，但其实我也不清楚情况。”

“欸？”

“如果他死了，那就是被我杀死的。但要是没死，我就是无罪。”

“你的意思是他有可能没死？当时到底是什么状况呀？”

“大人们都说那家伙平安地转校了，但也许他们只是不想我太过悲伤，而且大家都不知道我是犯人，全都以为那是场事故。光太郎死了吗？还是在其他地方活着？”

“你最后见他是在什么时候？什么地方？”

“是去年在教室里。那家伙看似很痛苦的样子……有人叫了救护车来，再之后我就不清楚了……”

话还未说完，她便陷入了沉默。无论我接下来如何询问有关汤田光太郎的事，她都毫无反应，我们只好各自静静地品味红茶。再后来，我向她借了几本少女漫画，那日就这样离开了荒井家。

当晚，我在自家的浴室试着给父亲打电话。虽说是在浴室里，但我并没有泡澡，拨电话时也是衣冠整齐的状态。电话那头，父亲貌似很繁忙，我能听见众人来回走动的嘈杂声及巡逻车的警笛声。

“你在外面？”

“是的呢，在现场。有人被杀了。”

“今天也很不太平呀。”

“你也小心点，记得锁好门窗哦。”

“找到犯人了吗？”

“还没呢。不过有个言行可疑的家伙，现在打算追捕下看看。”

虽说刑警容易给人一脸严肃的感觉，但父亲的外表更像一个单调乏味的上班族，常常神经大条地透露犯人行踪。

“对了，有几个问题我想请教你。过几天我们学校要上演一部推理戏剧。”

“什么嘛，跟你妈妈一模一样。我跟你妈相识的时候，她也是一副这种语气跟我说话。比方说，‘我在写推理小说，关于搜查方面的知识想请你指教’。真是怀念呀，那都是好几年前的事了。”

“你听说过去年有初中生同学间投毒杀人的事件吗？也许不是投毒，是过敏。”

“过敏休克吗？应该是过敏吧？”

"没错，就是那个。"

"我认为应该不存在同学间投毒杀人这种事哦，不过因过敏去世的孩子全国有好几个呢，我也记不清是小学生还是初中生，但每年都会有这类事故发生，通常都是因为没注意学校的配餐，吃了不该吃的东西导致的。"

听到这里，我暗自打了个寒战，说不定这些人当中就有汤田光太郎。

"如果有同学死了，家长们会故意隐瞒吗？比如说，为了不让同班同学心情悲痛，撒谎骗孩子说那个人转校了之类的，会有这种情况吗？"

"撒谎是会露馅的啦。一般都会实情相告，并询问对方是否方便参加葬礼才对吧？"

"说的也是，确实如此。"

"你还有其他要问的吗？"

"我要是再想起来，可以打电话问你吗？"

"随时奉陪。"

我和父亲简短告别后便挂断了电话。我一边望着浴室的毛巾，一边思考起来。我总感觉或许只是荒井花一人认为汤田光太郎死了而已，要果真如此，对我而言便是件好事，因为只要找到他活着的确凿证据，犹大的诅咒便会随之消失。

3

和有栖川彻子聊完天的那日夜晚，我独自坐在窗边回忆往事，房内没有开灯。

那是初二快到情人节时的事。放学后，足球协会的成员聚集在操场练球，汤田光太郎也是其中一员，我站在远处眺望他们练习的身姿。练习结束后，我一路尾随光太郎回家。需要事先说明的是，我并没有跟踪他，只是我们两个人的家彼此相邻，所以我自然而然地跟在了他身后，但绝对不是跟踪狂。

拐入小巷时，我听见身后有自行车的声音，不一会儿，比我大两岁的汤田麻衣突然刹住自行车，停在我身旁。

"小花，坐车吗？"

我见她一身便服打扮，自行车车筐内放着超市的购物袋，估计是从高中学校回家后出门来买东西的吧。

“别客气，坐上来嘛。”

“可是这是违法的哦。”

“没事啦，我正好有话跟你说。”

于是，我一屁股横坐在自行车后座上，单手挽住她的腰间，另一只手摁住放在膝盖上的书包。她刚开始踩脚踏板时，自行车有些摇摇晃晃，但不久便稳住了。我们二人沿着住宅小区慢慢向前骑行，虽然我的脚没动，但景色却一个劲儿地向后倒退，电线如五线谱般横切着浅桃色的冬天的天空。

“你听光太郎说了搬家的事吗？”麻衣看着前方说，“我们要在春末时搬家。”

说完她便不再开口，只是小心翼翼地骑车拐弯。既然说汤田家要搬家，那就意味着光太郎要转校喽？真是难以置信。无论幼儿园还是小学，我们都在一起上学，我原以为今后他们也会一直住在我家隔壁。突然咯噔一下，屁股被车震得有些作痛，似乎是自行车轮胎不小心碾到了什么凸出物体。

“光太郎！”

麻衣冲前方叫了声。我不禁抬头向前张望，光太郎的背影立即跃入眼帘。麻衣渐渐放慢车速，在他身旁停住。

“坐吗？”

麻衣问了句，光太郎则瞅了我一眼，我下意识地将视线从他那被夕阳微微染红的脸上移开。

“你的车坐不了三个人吧？”

“小时候都坐过呢。”

“姐姐，现在跟那时候不一样啦。”

光太郎变换声调，低声嘟囔道。

当我们还在上小学一、二年级的时候，我们三个人曾一起搭乘过成人自行车。麻衣坐在座板上负责踩脚踏板，我则紧紧地贴着她的后背跨坐在后座上，在我身后，光太郎脚踩座板边缘，双腿直立地站在后座上，那个场景简直就像马戏团的杂技表演。为了保持平衡，光太郎一边夹紧我，一边将手搭在麻衣的肩上。随着相互交融的哀鸣声及嬉笑声，搭载我们三人的自行车慢悠悠地离家出发，绕公园一圈后被大人们发现，甚至还被盘问责备了一番。麻衣常常还会故意从滑梯等高度较矮的地方穿过，害得光太郎只好趴下身子，感觉随时会砸落在我身上。当两张面孔靠近，我们都哧哧哧地偷笑。

可是现在我们的体形都长大了，被我占据的后座已经没有空余的位置让光太郎踩站。话说，麻衣有体力同时载两个初二学生吗?

“长大以后都变得无聊了呢。”

“这个还是可以搭乘的啦。”

光太郎正打算将肩上的帆布包放入自行车车篮，却不料被麻衣用手制止了，她一边护住购物袋一边说：

“不行！会压坏豆腐的！”

“那小花你拎着。”

“嗯，好的。”

我接过光太郎递过来的帆布包，和自己的书包一起放在膝盖上。这是一个质地柔软的旧帆布包。麻衣再次踩动脚踏板，后方光太郎的身影渐行渐远，他那两手空空目送自行车离开的神情，深深地烙在了我的眼里。

汤田家搬走了，他不在了，这一事实令我痛苦得透不过气。我该如何重新书写未来?再或者，我要怎样才能与他继续联络?烦恼挥之不去的我最终下定决心，打算送他一个礼物。这个礼物是一张纸，被我悄悄地藏在情人节的巧克力礼盒里……

直到方才，我才想起这件事。

他还活着吗？在这一年多的时间里，我尽量让自己不要去想。如果现实残酷，还是不知晓的好。在我活着的日子里，我想方设法不让那些关于他生死的信息传入耳内。之所以长期与世隔绝，也是出于这个目的。记得有个词叫“薛定谔之猫”，意思是说在开箱之前，谁都不知箱内的猫是死是活，而我一直在做的，就是守护这个两者皆有可能的未知。

我透过窗帘缝隙观察有栖川彻子的房间窗户，那边没有开灯。直到去年夏天，那仍是光太郎的房间。小学时，我们常常互相透过玻璃窗挥手打招呼。不过当我们长大后，便再没干过这样的事，因为他总是关上窗帘。

突然造访的有栖川彻子来自我认为与我无关的外世界，此外她还跟我聊了天，说那个不祥的三年级二班教室残留有犹大的诅咒。他到底是活着呢，还是死了？

对面有栖川彻子的房间开灯了，窗户透出淡淡的光亮。有个细长身段的少女人影映照在窗帘上，是有栖川彻子。她拉开推拉门，走至阳台，然后像是在眺望我这边似的探出身子，发现我的存在后，她开始挥手跳跃。

我默默地看着这一幕。对了，搬家那天我还看见这孩子从阳台跌落下去了呢，说不定今天也会发生什么意外。

她房间的阳台上挂有晾衣服的杆子，在蹦了几下后，有栖川彻子的脑袋撞在了晾衣杆上。紧皱眉头的她毫不犹豫地给了晾衣杆一拳，可谁知杆子被撞飞脱离把手，杆子的一头直接砰的一声掉落在她头顶，被砸中的她只好捂住脑袋疼痛呻吟。

我吃惊地打开窗户，窗帘随风飘摆，邻居家的阳台近在眼前，我们甚至可以互相对话。

“你真是够失败的。”

“谁让你不出来。”

“你又没叫我出来。”

“小花，明天我还能去你家吗？”

“为什么？因为光太郎的事？”

“还你漫画呀。借来的我全看完了。”

微风吹得人心情甚是愉快，我已经很久没有开过窗了，空气凉飕飕的，我想已经入秋了呀。我侧耳聆听，可以听见夜晚住宅区各式各样的响动，既有犬吠声，又有从远处传来的救护车的警笛声，电车的过往声更是响彻夜空。突然，我感觉胸口一阵紧缩。

“小花，你怎么了？”

有栖川彻子看着我说。在这寂静的夜晚，我能感觉到世界在一分一秒地向前行进。与此同时，我又能切实地察觉到自己的时间仍处于静止。偶然间，我向她提出了一个意料之外的建议，就连我自己也不知为什么会说出那样的话，真是太不可思议了。

我从站在窗边向我挥手的有栖川彻子的身上看到了他的影子，看到了曾经站在同一阳台向我挥手的他的影子。这明明是我一直以来害怕看到的场景，此刻我却有了重新面对的勇气。为了从自己有罪的意识中逃避，我过着每天足不出户的日子。或者说，我认为这样的生活是种赎罪的方式。

“我想了一下，我们来调查看看光太郎到底是死是活吧，因为我很担心。”

4

从学校回家的途中，我拿着需要归还的少女漫画，顺带去了趟荒井家。摁下门铃没一会儿，玄关的大门便敞开了。

貌似阿姨外出了，只有小花在家。

为了确认汤田光太郎的生死，我们进到二楼她的房间，商量接下来的作战计划。因之前小花的父母与汤田的父母关系很差，汤田家搬家时并没有将新地址告诉荒井家，所以现下小花也不知道汤田家住在哪里。要是去向初中部的老师打听应该能知道吧？只要小花去问，老师应该会看在同届同学的分上告诉她，而且说不定还能直接获得光太郎是生是死的消息，不过小花不想这么做。

“我害怕太快知道真相，搞不好会被打击死。关于光太郎的生死，倒不如像这样，微微闭上双眼，花些时间一点点接近真相。在得出结果前，我想绕些远路。就好比旅行，如果只是想到达目的地，那直接坐飞机就可以了，可我偏想搭乘慢悠悠的电车晃过去。如此一来，一步步靠近真相的真实感才会更强烈啦。若不这样，我估计我的心会承受不了。”

真是个麻烦的家伙，我在心里犯嘀咕。但看小花那一脸认真的样子，我想她该是深思熟虑过吧。

“那我们要怎么做？”

“你还记得汤田辉男这个名字吗？”

“是谁来着？”

“光太郎的父亲。”

“啊啊，想起来了，没错就是他。”

汤田辉男是那封寄到我家的广告信上的收件人名。

“我记得光太郎的父亲在蔚蓝商业公司上班，我想先从那边下手。”

接下来她详细向我讲述了自己的计划。首先我去一趟蔚蓝商业公司，跟前台说找汤田辉男见面，然后前台的人应该会询问我有何要事，并登记我的身份，我则伪装成他的儿子，跟前台的人说：“关于升学，有紧要的事要找他商量，所以才来公司找他。”

“我要扮成犹大？”

“没错。你还要变装成男生哦。”

“为什么？”

根据小花陈述的信息，犹大汤田光太郎理应还有个姐姐。既是如此，我直接报上他姐姐的名字岂不是比假扮成男生来得更便利些？

“我之所以让你这么做是有理由的，你必须在前台说出光太郎这个名字。蔚蓝商业公司附近有家名叫索兰的咖啡馆，你跟前台说让汤田辉男去那边找你。”

按照小花的后续计划，接着我再转移到咖啡馆等待汤田辉男的到来，按理说应该不一会儿他就会出现在店内。假如他儿子已过世的话，那他进来时的表情一定是很讶异且很好奇。

“他一定会匆匆忙忙不知所措，因为死掉的儿子竟然说在咖啡馆等他，他进来的神情估计会跟去见幽灵一样吧。”

“等一下，意思就是说我假扮成汤田辉男，把汤田光太郎叫出来就行了是吧？”

“你为什么要假扮成父亲？”

“咦？辉男是父亲吗？犹大是哪个？”

“两个都是汤田啦。”

“两个都是犹大？哦哦，他们都姓汤田哈。”

为了让这个已然陷入混乱的我捋清思路，小花将脚架在椅子上，双腿弯曲，将备忘录放在膝盖上，从前到后写下了整个计划流程。

“你到了咖啡馆后就不用再假扮男生了，你一边装作什么都不知道，一边斜视观察犹大父亲的表情即可。”

真是个拐弯抹角的计划啊。不过对小花而言，应该只能接受这种方式吧。虽然生死不明，但犹大的存在对她来说就像个无底洞，而她之所以选择与洞穴保持一定距离悄悄窥探，就是为了防止不慎脚滑跌入无底洞。

“可为什么要我去呢？你去不行吗？”

“因为犹大的父亲认识我，我没法坐在咖啡馆优哉游哉地观察他。”

“我的头发怎么办？要是变装男生的话，是不是非要剪掉不可？”

我拉出自己的马尾辫追问道。小花立即站起身，从衣柜里拿出一顶类似棒球帽的无檐帽。

“用这个遮住就行啦。顺便再找几套衣服试试，你有偏男性化点儿的衣服吗？”

“我去找找看。”

于是，我马上跑回家翻找偏男性化的衣服，紧接着再抱着衣服返回荒井家。我站在她家一楼客厅的大穿衣镜前，小花则举着我带来的中性衣服，在我身前搭配对比。我将头发扎成丸子形状，继而戴上她给我的无檐帽，眨眼间镜子前的我宛如个清秀的男生。经过试穿筛选，变装用的衣服也都决定下来了，上身是件大到能遮住体形的连帽卫衣，下身则是说唱歌手爱穿的那种肥裤子。

“那就这样决定啦。”

我换下变装用的衣服，解开丸子头，让镜中的自己恢复到日常装扮。

小花紧紧贴在我身旁，说：

“拜托你了哟，爱丽丝。”

“爱丽丝？”

“是呀，你不是有栖川[①]吗？所以简称爱丽丝。”

我吃惊地凝视着镜子里自己的脸，竟没想到我的名字与爱丽丝这个称呼同音。嗯嗯，感觉还蛮融合的。迄今为止，还没有人这样称呼过我，尽管有些困惑，但我能从爱丽丝这个名字中感受到自己的存在。

---

① 日语有栖川的读音是“arisugawa”，与爱丽丝同音。

第四章

1

我装病向学校请了假。母亲因要去东京与出版社碰面开会，上午便出门去了。尽管她向我道歉说没法照顾我，但我心里巴不得她外出不在。换上小花指定的衣服后，我也离开了家。

我们事先商量好的计划必须在平日里实施，因为周末的话，汤田辉男任职的蔚蓝商业公司也会放假。我抬头看了眼拐弯处的曲面镜，想要确认自己的样子有无不自然。长发已经被我盘成丸子状藏于无檐帽内，此外我还戴上了卫衣的帽子。为了让自己看上去更像个男生，我张开臂膀，两膝外曲地阔步向前行走。对我和小花来说，漫长的一日就这样拉开了序幕。

换乘后，电车朝办公区方向驶去。我望着车窗外的蓝天，没一会儿工夫，电车便驶入了高楼林立的市区。我混杂在身穿西服的成人群中，检票出站。环顾四周，除我以外，路人几乎都是衣着华丽。我掏出翻盖手机，啪的一声打开屏幕，尝试拨通事先预留好的小花的电话。顺便说一下，我已经取下自己的手机挂件，因为那条挂件的颜色太过女性，我认为不适合假扮成男生的我。

“喂，是小花吗？”

“爱丽丝，你现在到哪儿了？找到蔚蓝商业公司了吗？”

“还没。现在准备去找。”

我站在被周边大楼挡住阳光的车站前，大楼与大楼间的黄色气球正乘风飘摆。

“你听我说，有气球在飞哦。”

“是飞艇才对吧？”

“飞艇？不是气球吗？你怎么知道的？你在家也能看见？”

“因为市区通常不会有气球飞来飞去。”

“是这么回事吗？”

小花这时正在家里待着，虽然我觉得被独自派来汤田辉男上班的公司很不公平，但足不出户的她没法出门，所以只好在家等我汇报情况。

挂断电话后，我边走边开始寻找蔚蓝商业公司。孤身徘徊在喧嚣的城市，心情难免有些忐忑，我抬眼看了看被鳞次栉比的高楼大厦遮挡住的天空，是那么的狭窄细长，而那黄色的飞艇仍在空中飘浮，见它时而躲入大楼背后，时而跃入众人视野，我的心也随之轻松不少。

终于，我找到了蔚蓝商业公司，比起其他楼层，它的建筑更为庞大，黑色的外壁既显高级又饱含威慑力。正面大门的两侧分别摆有一尊狮子石像，环顾四周，发现隔壁大楼的一层有家咖啡馆，店名正是小花说的索兰。如此一来万事俱备，我打开手机，准备联系小花。

“我现在要进这家公司了哦。”

“就这样不要挂断电话。记住千万别报错名字哦。”

“是报汤田辉男对吧？”

“这是父亲的名字哦，儿子叫作汤田光太郎。”

“你真够啰唆的！”

尽管电话里的我很不耐烦，但说实话，在给小花通电话前，我还真把父亲和儿子的名字搞混了。在前台报名字时，一定要注意千万别出错，我心想。父亲是汤田辉男，儿子是汤田光太郎，我是有栖川彻子；父亲是汤田辉男，儿子是汤田光太郎，我是有栖川彻子。我反复在心里默念。按照小花的吩咐，我将手机贴在耳边，然后穿过了蔚蓝商业公司的大门。

宽敞的入口安静到连咳嗽一声都能听见，附近身穿西服的大人们正在交换名片。

“这里可是大人上班的地方。”

“有前台吗？”

“有。”

在门卫警惕的视线下，我往下压了压无檐帽后向前台走去，前台的接待员是女性，而且相貌端庄。我放松握住手机的手，电话那头小花正在注意倾听我的一举一动。父亲是汤田辉男，儿子是汤田光太郎，我是有栖川彻子，我继续在内心默念一遍后，压低嗓音故意假扮成男声，对前台小姐说：

“请问汤田辉男在吗？”

“你知道是哪个部门的吗？”

“部门？不太清楚……”

为了查询，前台小姐敲了敲键盘，说：

“是第三企划室的汤田辉男吧？”

“是的，就是这个汤田辉男。”

“请问你怎么称呼？”

“嗯……我是……”

话未说完，我突然打住了。平时我都称呼自己为“我”[1]，但我这个年纪的男生在介绍自己时应该更习惯说“俺”，或者“在下”之类的吧，真是太失败了。我要不要重新说呢？不，还是算了，我就用“我”说到底吧，要是重说很有可能会引起怀疑。比起这个，重点在于千万不能报错名字。“我是”后面该接什么来着？陷入混乱的脑海终于想起了先前重复过好几遍的话，父亲是汤田辉男，儿子是汤田光太郎，我是……

“有栖川彻子。”

“有栖川彻子对吧？”

前台小姐面带微笑地复述一遍名字后，我才意识到自己说出了真名。

“不，那个……”

前台小姐一脸茫然地歪着脑袋等我说明，可心乱如麻的我却在犹豫要不要修正。从我进门到现在，立在墙边的门卫

① 日本男女生自我称呼时用词不太一样，但“我”这个词男女可通用。

就一直在观察我，于是我摇摇头说“没事”。听到我的答复后，前台小姐开始拨打公司内部分机。

“汤田系长有客人来访。是，现在在一楼大厅。您看如何安排？”

“那个，我在隔壁大厦的咖啡馆等他，索兰咖啡馆。”

我向前台小姐补充道，她即刻将我的话传达给了电话那头的汤田辉男。

“客人说在索兰等你。对，就是隔壁一楼那家。”

电话还没结束，我便立即像逃亡似的快速离开了那栋大楼，我想趁她询问我有何要事前逃离蔚蓝商业公司的入口。握在手里的手机外壳已经被手心的汗水浸湿，我还在和小花通着电话。小跑出入口大门后，我转向一条与蔚蓝商业公司保持一定距离的人行道，然后将手机放在耳畔。

“喂，小花，完蛋了。”

“爱丽丝……我们确实完蛋了。”

电话里小花的声音夹带着一股遗憾。

“计划失败了，彻底没戏了。你在前台都说了些什么？”

“没说什么。”

估计是拜手机麦克风所赐，小花听见了我和前台小姐的所有对话，当然也包括我口误的部分。

“我提醒你多少次了！你假扮的人叫作汤田光太郎，为什么会报出自己的名字呢？！”

“呃，我没报啊。”

“你报了啦。”

“啊，抱歉，信号有点……”

无言以对的我轻轻合上手机。

我站在树荫下，暂作休憩。本想再看眼飞艇，却不见它的踪迹。

索兰咖啡馆是一家位于写字楼一楼的店面，其装修精致华美。店内的大人们一个个坐在笔记本电脑前聚精会神地工作着。找到座位后，我摘下帽子，把它搁在桌上，然后再取下发夹、橡皮筋，放下头发。随后我点了杯橙汁，心里却在盘算接下来该怎么办。

我暂且先将手机关了机，因为小花一直在给我打电话，以致手机总是震个不停。她说计划失败了，事实确实如此，我报给前台的名字并非光太郎，而是自己的真名，所以即便汤田辉男如约来到这家咖啡馆，寻找的人也不是自己的儿子，而是把他叫出来的一个名为有栖川彻子的人。从他进店的表情，无法判断光太郎的生死。虽然这家咖啡馆已经派不上用场，但我想既然来了就见一下汤田辉男好了，因此我下定决心推开了店门。

我垂下双臂，靠在椅背上，窗外满眼都是属于城市的风景。我暗自感慨，今天真是徒劳的一天啊，要没请假，此时我应该坐在教室里那张被诅咒的椅子上听老师讲课吧。陆奥睦美及其他同学的脸庞一个个在我脑海浮现。尽管我为班级争夺到了接力赛的冠军，可我在班上的境遇并没有因此得到改善。虽然像千叶裕也那样冲我爆粗口、扔鸡翅尖的家伙已经消散殆尽，可同学们与我之间的距离仍然存在。

店员将橙汁轻轻地放在桌上。转眼，一位年纪颇大的老绅士走进店内，恐怕就是汤田辉男吧。

关于汤田光太郎的生死，按理说，直接跟学校确认是最快捷的途径，可小花想绕弯路一步步接近答案。话说，对小花而言，汤田光太郎是个怎样的存在呢？他俩果然应该是那种关系吧？抱有好感的喜欢？恋人？对了，迄今为止我还没打心底喜欢过某个男生呢。像我这样，见到一个男生后过几日便失去兴趣，将其抛之脑后的女生不也很好吗？

“请问，你是有栖川吗？”

突然有人向我搭话，我循声望去，是刚才进店的那位老绅士。他头戴中折帽，双眼炯炯有神，嘴唇厚实，视线与弓着背坐在椅子上的我保持平行。

“不是。”

得到我否定的答案后，他冲我点了点头，然后环视店内，自言自语地嘟囔：

“戴帽子的女孩，戴帽子的女孩……”

他一边嘀咕一边慢悠悠走动的样子像极了老头，这次他开口询问了坐在离我稍远位置的一位戴针织帽的女性。在旁人看来，他的言行举止似乎是在找人。

也许他就是汤田辉男，只不过长得比我预想的要更显老些。他之所以会找戴帽子的女生，估计是跟前台小姐打听的吧。可是，我明明就是一副男生的装扮，前台小姐竟然可以识破！还是说，是因为有栖川彻子这个名字才暴露的呢？我立即开机，准备向小花报告。

“喂，小花吗？信号现在好像变强了。”

“你这个骗子！你现在在哪儿？”

“索兰。我发现犹大父亲了。从外貌来看，与其说是犹大父亲，倒不如说是犹大爷爷。”

“有那么老吗？不管这么多了，你先离开那家店吧。”

“明白了，我这就走。”

我连忙吸了几口橙汁。而汤田辉男此时正坐在我对面的座位上，向店员点了杯咖啡。随后，他将视线移向我。我快速将视线移开，并把无檐帽藏在了餐桌下。彻底喝完橙汁后，我起身离开座位，跟店员埋单，旋即离开了索兰咖啡馆。

2

过了一会儿，我收到了爱丽丝的来电。她走出索兰咖啡馆后，仍在窗外观察着汤田辉男的一举一动。不过，汤田辉男只喝了杯咖啡，完后便返回了蔚蓝商业公司。

“你现在在哪儿？”

“正向车站方向行走。反正作战计划已经失败，我没有理由再留在这儿了吧？”

“事情还没结束哦，你返回再去趟蔚蓝商业公司。”

我的脑海中再次闪现出一个计划。

“等到傍晚的时候，光太郎的父亲就该下班回家啦。等他出公司，你就一路尾随，如此一来不就能追踪到汤田家的新地址吗？然后只需埋伏在那儿，就能知道光太郎是生是死了，如何？”

“还要继续吗？人家不想干了啦，那样会搞到很晚耶。”

“那还不都是因为你在前台报错了名字。”

虽然爱丽丝抱怨且想要婉拒，但出于赎罪，最终还是接受了我的新计划。现在是下午两点，距离汤田辉男下班应该还有好几个小时吧。在这期间，爱丽丝必须一直待在蔚蓝商业公司大门口暗中监视。

“抱歉啦爱丽丝，我一定会补偿你的。”

“没关系啦。话说，小花你在外面吗？”

“没有呀，怎么了？”

“总感觉你那边有汽车的声音。”

“你听错了啦。”

结束通话后，我将手机放入上衣口袋。抬头远眺蓝天想要寻找飞艇，可惜什么也没看见。我倚靠在高架桥的扶手边，眺望着这座城市的街道，汽车在我的脚下川流来往，车流声似乎通过手机麦克风，传到了爱丽丝的耳内。

我原本打算在家等爱丽丝的报告，她也按照我们先前的约定，将遇见的状况转达给了我。受御宅族自尊心的影响，我根本不想出去外面。在这半年里，只要出去便输了的潜意识在我脑海生根发芽，就连积极鼓励我出门的母亲及班主任的话也被我当成了耳旁风。

之所以闭门不出，究其根源，是因为害怕知道光太郎的生死。然而，当调查他是生是死的这天到来时，我却无法老老实实在家等待。穿好衣服，踏上鞋子，推开大门，朝外面的世界踏出第一步。可是，搭乘电车来到市区后，我彻底地迷路了。当下，爱丽丝在我还未抵达蔚蓝商业公司之前就已经行动了，我该怎么办呢？带着这份烦恼，我走下高架桥，徘徊于都市大厦间。

一小时后，我终于找到了一栋类似蔚蓝商业公司的大楼。身穿男装的爱丽丝倚坐在正门附近的石狮台座上，一副无所事事的清闲样。不过我并没叫她，而是同时观察着蔚蓝商业公司和爱丽丝。

为了打发时间，我去便利店买了本四格漫画杂志，然后躲到大楼一处不太显眼的地方翻看起来。在一个位置待腻味了的话，爱丽丝就会重新找一个蹲点的地方。她时而跑到马路对面溜达一会儿，时而潜入附近其他大楼玩耍一会儿。随着时间的流逝，膨胀的紧张感也渐渐变弱。此时，爱丽丝开始在大楼周边的广场练习芭蕾舞。正在吸烟区吸烟的上班族们一边欣赏着爱丽丝那轻盈旋转的舞步，一边为她鼓掌叫好。

或许汤田辉男要很晚才回家吧，对上班族而言，加班加到只能赶最后一趟电车回家的日子并不罕见。可就在太阳还未落山前，事态发生了急剧性的转变。

“喂，小花，犹大父亲出来了。好像是在等出租车，可能是要回家了吧。”

是爱丽丝拨通了我的手机。我立即从大楼隐蔽处探出头来，寻找爱丽丝的所在。

“你现在在哪里？”

“公司附近。躲在树后面。”

找到了，我看见爱丽丝正藏在树丛背后给我打电话。她的视线盯着一位站在路边的男性。可令我踌躇不解的是，她说她发现了汤田辉男，可我环顾四周并没发现这号人物。爱丽丝视线的尽头，是一位长得既像又不像汤田辉男的老人。

老人抬起手臂，拦下一辆出租车。在他钻入汽车后座的同时，爱丽丝从树丛背后走了出来。

“犹大父亲上了一辆出租车，我去追。”

在我还没想好下一步对策之前，爱丽丝便拦下了另一辆出租车。通过手机麦克风，我听到她对司机说追上前面那辆出租。不知是什么时候产生的误会，爱丽丝似乎把刚才那位老人当成了汤田辉男。

无论如何我都要告诉爱丽丝，你追赶的那位老人与光太郎没有丝毫关联。一定是汤田辉男不在公司，接到前台的电话后，同事替他现身前来索兰咖啡馆找你，而你却把他误认为是汤田辉男。正当我想要将这番话告诉爱丽丝时，通话竟然中断了，我看见自己的手机屏幕上正在显示关机的画面。

3

“请追上那辆出租车！”

我坐在后排座上，透过驾驶座与副驾座的中间位置伸手指向前方。在汤田辉男乘车离去之际，能马上拦下第二辆出租车追赶，真是太幸运了。司机是位戴眼镜的银发苍苍的老大爷，在听到我的委托后，他的神情略微有些讶异，不过好在下一秒他便发动汽车，摁下了费用计时器。当前面那辆出租车在十字路口右拐，我搭乘的出租车也会朝同一方向尾随驶去。冷静地想一想，上班族上下班不可能每天都搭出租吧，通常应该都是坐电车才对。既然如此，那汤田辉男这是要去哪儿呢？为了小花，我不想放过任何可能找到答案的蛛丝马迹。

跑过一段路程后，白发司机终于追上了前面的出租车，两辆汽车间的间隔若即若离。偶尔会有其他车辆插入，眼看就要在十字路口被拉开时，司机巧妙地变换行车线后，前方的出租车又再度出现在视野中。随着汽车渐行渐远，我们开出了写字楼区，车窗外可以看见碧蓝色的大海。过桥后，景色一点点地由市区交替成郊区。我瞟了眼计价器，瞬间着实震惊到愕然。我立即掏出钱包，清点了下自己身上的钱数，可惜只有两千日元左右。

“那个，就在这里停车吧。”

我开口对一头银发的老司机说，他马上透过后视镜瞥了我一眼。

“不用追了吗？”

“就到这里吧。”

这时计价器的数字仍在往上蹦跳，显示的金额是两千三百五十日元。

“唔，钱不太够。”

我数了数钱包里的零钱。

“钱不够吗？”

“是的，我在这里下。”

不够支付的费用要怎么办呢？我焦急地思量着。可司机并没有踩下刹车，他正目不转睛地盯着前方的出租车。通过汽车后面的玻璃窗，可以看见汤田辉男的后脑勺，不过他没有摘下那顶中折帽，所以背影轮廓显得非常特别。

“你跟那个人是什么关系？”

面对司机的询问，我没来得及敷衍作答。这是一个可能被朋友杀害的男同学的父亲，我为了查明他的家庭住址，所以才一路跟踪——这样的理由我说不出口。暂且先编个谎话糊弄过去好了。

“他是我父亲。”

“父亲？”

前方的道路分叉为左右两条，我们会走哪一条呢？老司机从后视镜望了我一眼，担心地问道：

“为什么要跟踪父亲呢？调查他是否出轨吗？”

“出轨这种事……”

我突然想起了自己的父亲。

“他不会的啦……”

“那是为什么？”

“因为他离开家后再没回来过，我担心这次跟丢的话，会再也见不到他……”

“为什么会离家出走呢？”

“大人间的事，我也不太清楚。”

这时，红绿灯的红灯亮起，前方的出租车停下来了。见状，老司机也踩下了刹车，不过有辆车停在了我们与汤田辉男搭乘的出租车间。男男女女在斑马线上交替行走，看着他们擦肩而过，我心不在焉地想起了自己的父母。

父母离婚是上个月的事，所以我记忆犹新。当时我家住在市内的公寓大楼里，那天我从芭蕾舞教室练舞回来，发现母亲正在收拾行李，原以为是要去哪里旅行，却不幸被告知她与父亲分手了。在此之前没有任何预兆，在我看来，父母的关系也并没有那么糟糕险恶。不过，他们两个确实存在很多分歧点，性格特征甚至是完全相反。

在如此重要的日子里，父亲却忙于工作无暇顾及家庭。因父亲不在家，我被迫必须选择是跟母亲还是父亲。经过深思熟虑，我最后决定跟母亲一起过，我很担心对家事一窍不通的母亲无法独自生活。下定决心后，我立即给父亲打电话告诉他我的选择。身为刑警的父亲当时正在杀人现场办案，我对着电话，向他抱怨感慨：

“这种时候竟然还有人被杀?！人为什么这么喜欢杀人呢?！”

“你冷静冷静，这也是没有办法的事呀。不发生事件当然是最好不过，但发生了还是要面对的嘛。你看，有时准备出门，穿好鞋做好一切准备后，不也有突然电话声响而不得不进屋接电话的时候吗？这是一回事哦。也就是所谓的时机啦。”

“比起杀人，坐下来好好聊一聊不是也能解决问题吗？”

“人与人的相处并没有你说的那么简单啦，有时自己的想法是可以通过语言表达出来，但对方能不能理解又是另当别论了哦。既然谈不妥，不经意间就有人会出手，大部分战争也是这样引发的，最初大家都致力于和平外交，但最终被迫必须武力解决。当人感觉自己的想法被践踏时，战争就会被打响。假如人世间压根没有爱，战争与杀人就不会发生。既然事件发生了，就说明人世间确实存在爱这种情感。你不这样认为吗？”

我听见父亲电话那头有一大拨人正在繁忙地处理案件。

“那边发现尸体了吗？”

“嗯，已经死掉了。”

如果这世上没有杀人事件，父亲的工作就会变得清闲，待在家里的时间也会增多，或许母亲也就不会跟他离婚了。听到我说要跟母亲一起生活，父亲竟没有显露出丝毫的动摇，看来他是早有预感吧。对于我的选择，父亲甚至给予了肯定及褒奖。

红绿灯由红变绿，出租车开始向前移动，而计价器上的金额越发多得吓人。

“请停车。我不想再去追父亲了……”

“这样不太好吧，你可以下次支付不够的车费，比如将钱送到出租车公司。再说，好不容易才追到了这里，放弃太可惜了。”

“可是我们家的生活很拮据，我不可能伸手向母亲借钱。”

“你母亲知道你没去学校，跑来这边跟踪父亲吗？”

“应该是不知道。”

“这样子啊，好，我明白了。”

说完，司机慢悠悠地关掉计价器。

“我不收你车费了，但你必须见到你父亲。”

“可是……”

“没事，就这样定了。”

我感到于心不安。显然，司机相信了我的谎言，但我决定暂且承领这份善意。前方的出租车驶入了黑孔雀综合医院的领地，并在大门附近停下。看来汤田辉男的目的地是医院，难道是身体不舒服吗？或者是来探望某位病人？他付完车费后直接下了车，继而进入了医院大楼。

我搭乘的出租车也跟着减速停在了距离大门稍微有点偏远的后方，司机大爷透过后视镜，冲我使了一个“去吧”的眼神。我想我至少应该将钱包里现有的两千日元付给他，可他却婉拒了。当我走下出租车，亲切和蔼的司机最后向我竖起大拇指，说了句“祝你好运”后便开车离去了。

4

为了给手机购买移动电源，我找了家便利店，我想尽快联系上爱丽丝，告诉她追赶的人并非汤田辉男。然而，与我手机型号匹配的移动电源已经售罄，找了三家店铺也没有现货，真是人在囧途啊。最后，终于发现一个包装盒上写有“适用所有手机型号”的移动电源，在收银台支付一千零四十日元后总算到手。我走出店外，拆开包装盒，将数据线插入手机充电口，随即手机屏幕出现了正在充电的符号，等充到能开机时，我马上拨通了爱丽丝的手机。

“喂，爱丽丝！”

“小花？”

在我激动的呼叫声后，爱丽丝的声音出现了。虽然不知为什么，但她的声音非常轻，像是对周遭有所顾忌般。

“你现在在哪儿？”

“在医院候诊室。躲在沙发后面。”

“医院？”

“我坐出租车来的。”

“我知道。”

“咦？你怎么会知道？”

“嗯……你自己不是说了吗？犹大父亲坐上了出租车，你要去追。”

“原来如此。话说，刚才提到的辉男好像在医院接受诊查，也许是身体哪里不舒服，看着不像是来探病的。”

“你追的那个人不是汤田辉男啦。”

“啊！那是汤田光太郎吗？还是说我又搞错名字了？”

“不是啦。”

“等一下，有个护士正盯着我呢，这里不能打电话，我再联系你。”

通话被挂断了。正当我打算重拨一遍时，发现马路对面的人行道上有张熟悉的面孔正迎面走来。我顿时大吃一惊，手机差点从手心滑落。

那位男子身穿藏青色西服，手拎商务皮包，正往车站方向走去，看来他应该是刚忙完工作准备回家吧。他似乎并没有察觉到我，低头看了眼手表后继续向前行走。他的侧脸很像光太郎。不，应该说是光太郎长得很像他。

他就是汤田辉男。原本应该被爱丽丝追赶的对象现在竟然出现在了我眼前，我认为这是一个绝好良机。假如跟踪他，即可知道汤田家现在的住址。在那里，我能知道光太郎的生死。想到这里，我果断地合上翻盖手机，开始尾随汤田辉男。

5

黑孔雀综合医院的每层都以内科、外科、儿科、皮肤科等科室为单位区分开来，其墙壁及地板看着很新，是家给人印象整洁的大医院。汤田辉男正在内科那层楼的候诊室。候诊室内并排摆有几张沙发，只见他弓着背坐在其中一张沙发上候诊。我悄悄走到离他有段间隙的后方，注视着他的背影。

我为什么会在这种地方呢？——等我冷静下来，这股疑团便涌上心头。为了小花，我必须查清汤田辉男的目的地。正当我这样告诉自己时……

“渡边先生，请进。”

护士站在内科诊察室的门口喊道。或许是在思考些什么吧，汤田辉男如老人般慢腾腾地站起了身。难道是他耳背，误以为护士小姐是在叫他？尽管我很想告诉他还没轮到你，但始终没能说出口，眼看着老人就这样走进了诊察室。我回过头来环顾候诊室，似乎并没有名叫渡边的人起身就诊，我开始察觉事情好像不太对劲儿。

我想给小花打电话，因为我忘记事先询问汤田辉男的外貌特征。然而，我一掏出手机，护士就会走过来警告我。

不一会工夫，汤田辉男便从诊察室走出来了。他冲诊察室里的医生恭恭敬敬地行了个礼，真是位风度翩翩的老绅士啊。顺带一提的是，他头上的中折帽也很搭他的气质。下到一楼后，他坐在大厅的沙发上等待付款。我绕到柱子背后，观察着他的一举一动。

医院收银台旁有个小男孩正在四处乱跑，看样子该是三岁左右。虽然孩子的母亲出手抓住并将其摁坐在沙发上，但他仍旧动个不停。

“渡边先生，渡边勘治先生。”

随着前台的喊叫声，汤田辉男站起来了。然而，这次我并不认为是老人听错了。

老绅士付完钱后，向前台稍稍施了个礼，接着将挂号证插入长钱包，走向医院大门。说时迟那时快，在大厅到处疯跑的那位小男孩被他的脚不小心绊倒，尽管男孩没有啼哭，但他那张仰视着老人的小脸蛋上写满了“惊吓”二字。眨眼间，小男孩的母亲快速赶到，道完歉后立刻将捣蛋鬼带走了。

老绅士向母子俩点点头，继续迈步向前。就在他刚离去的那个地方，突然出现了一张挂号证。多半是孩子撞上来时，碰巧从钱包里滑出来的吧。不过老绅士似乎没有察觉到，我见状即刻从柱子背后绕出来，捡起地上的挂号证。

“渡边勘治”。

挂号证上写着这样一个名字。这是老绅士的名字，看来他果然不是汤田辉男。

“那个，不好意思……”

快要到医院大门口时，我追上前去，绕到老绅士面前说：

“这是你遗失的吧？”

渡边勘治停下脚步，看了看我手中的挂号证，确认完姓名后回答说：

“这确实是我的。”

我将票据放在渡边勘治的大手掌上，他礼貌地对我微微鞠了个躬。

“谢谢。”

“不用客气，没关系，没关系的啦。”

说完，我恐慌地转身快速碎步走出医院大门。室外的空气通透凉爽，一道飞机云由近到远延伸至天际。公交车排放着白烟蒙蒙的尾气，从医院前的马路驶过。

我走到刚才下出租车的地方，从上衣口袋里掏出手机，准备给小花打电话。可是电话里只有嘟嘟嘟的等待音，没有小花接起电话的声音。我想，小花应该是在家看少女漫画看入迷了吧，以致都没察觉到电话在响。

“有栖川同学。”

有人在喊我。我回头张望，发现头戴中折帽的老人正站在医院大门前，是渡边勘治！下一秒我便意识到自己露馅了。

“啊啊，来公司的孩子果然是你啊。”

“欸？你说什么？”

“你不是还去了索兰咖啡馆吗？我对你有印象，你好像跟我们公司前台说要见汤田君，不过碰巧他不在，所以我代替他去找你了。”

“你是不是认错人了？像你方才那样叫人的话，不管是谁都会回头看一眼吧。”

这样狡辩的同时，我发现自己不知什么时候已经开始慢慢熟悉并接受有栖川这个姓氏了。要是换作以前，搞不好就直接略过了。

“那你的意思就是偶然喽。谢谢刚才帮我捡到挂号证。”

渡边勘治说完便向医院前的公交车站走去。他微微卷起黑色上衣衣袖，看了眼时间后再抬头确认公交时刻表。这时，我也转移至公交站前，与老人并排站立。

“车子好像刚走。下一趟貌似要等三十分钟。”

渡边勘治用我能听到的音量说。我想，这就意味着我必须在这足足等上三十分钟吗？可是人家很想快些回家吃晚饭呢。无意间，我的肚子发出了咕叽咕叽的饥饿声。自从在索兰咖啡馆喝了杯橙汁后，我就再也没有进食，当下肚子饥饿的程度堪称史无前例。正值意志消沉之际，我的肚子再次饿得咕咕作响。从我体内发出的声音就像鲸鱼的呼噜声般，简直太可怕了。尽管站在一旁的渡边勘治刻意忍住不笑，但他的肩膀明显在颤抖。我压低帽子，想要掩盖自己羞愧得红扑扑的脸蛋。突然，渡边勘治向我搭话道：

“马路对面有家从昭和开到现在的餐厅。”

“昭和？”

“昭和时代啦。那家店的氛围还不错，做蛋糕这种点心的速度也挺快，去那边吃就不用担心错过公交车啦。作为报答你帮我捡到挂号证的谢礼，我请客哟。”

总而言之，他的意思是要给我买食物吃，而我没有理由拒绝。

渡边勘治推荐的昭和餐厅坐落于医院斜对面，建筑西式化，店门前设有红砖门廊。过马路时，因太过紧张，明明有车飞驰过来，我仍莫名地跳了出去。看着汽车从马路中央的白线附近驶过，我觉得既惊险又滑稽。尽管我已经过完马路来到餐厅这侧，但渡边勘治依旧站在马路对面，等到没有车流时，这才从人行斑马线慢悠悠地踱步走来。

走进餐厅，店内宽敞舒适，装修采取的是楼中楼式。服务员将我和渡边勘治带到二楼餐桌旁，我俩面对面落座。

“你想吃什么就点什么吧。”

“那我要奶酪蛋糕和草莓汁。”

瞟了眼菜单后我立马做了决定，但渡边勘治暂时陷入了一阵沉思斟酌。

“我不用吃了。”

他摇摇头说。位于我们对面的二楼区域很是热闹，身穿高中制服的女同学们占据了一大块用餐区。里面既有手捧鲜花的孩子，也有准备了类似礼物的孩子，看上去她们是要开生日派对吧，不过似乎主人还未到场。这些女同学的笑颜及说话声都很爽朗。点完餐后，我和渡边勘治继续闲聊起来。

“你为什么要去医院呢？”

“感觉有点感冒了。”

渡边勘治刚说完便开始咳嗽起来。他的外眼角布满了深深的皱纹，嘴唇厚实，与我在索兰咖啡馆见到的那张脸丝毫无差。

“你今年几岁？”

“十四岁。”

“十四岁！打出生到现在才活十四年呀！不仅年轻，皮肤也好，真是令人羡慕呢。”

“好下流哦。”

“我不是那个意思啦。人一旦上了年纪，你看，又是皱纹又是斑点，脸上皱巴巴的。你别看我现在这样，老伯我曾经也是美少年一枚哦。不过这部分现在也还是不输给你呢。”

渡边勘治伸出手臂，不知为什么，唯独这部分的皮肤特别光滑。

“好厉害！只有这里光滑细嫩！太恶心了！嗯？这是什么？”

渡边勘治的手臂上长有一根细长的体毛。

“好恶心！这根毛发太恶心了啦！”

“不要这样说嘛。我也是最近才注意到的。在医院量血压、注射点滴时不是要撩起衣袖吗？有一次，一个年轻的护士小姐正在帮我抽血，我望着她的脸蛋，猛然发现自己手臂的肤质与那位年轻的护士小姐的脸蛋很相像。本以为全身上下都已经完全进入老年期，可唯独这里如婴儿般嫩滑。后来我重新检查了遍自己的身体，意外发现好多处都长得像婴儿般娇嫩。平时好些个自己没留意到的地方，居然都如婴儿般光滑。”

说到这里，店员端来了我的奶酪蛋糕和草莓汁。渡边勘治放下衣袖，当店员离去时，他开始喃喃低语道：

“人体真是太不可思议了。从呱呱坠地的那一刻起，便一步步走向死亡，每时每刻人都在发生着变化。这就像抗争般，虽然只是一根毛发，但它却在我们完全没有留意到的地方生机勃勃地生长着。明明身体是自己的，可不被我们所知的东西却大量存在。”

落座的渡边勘治并没有摘下他的中折帽，所以只要他稍稍低头，整张脸就会埋没在中折帽帽檐的阴影中。坐在我们对面区域的女学生们正开心爽朗地欢笑着。突然，渡边勘治如老人般慢慢站起身，说：

"抱歉，失陪一下。"

说完，他便朝餐厅卫生间方向走去。在他离席的这段时间，我一边品尝蛋糕，一边吸食果汁，内心甚是满足。随后，我想我该给小花打电话汇报下情况，于是，我右手拿着叉蛋糕的叉子，左手抓起手机开始拨打电话。电话声嘟了好几声后，小花终于接起了电话。

"喂？是爱丽丝吗？"

"小花，事态有变，我想先跟你说声抱歉。"

"你追赶的那个人不是犹大父亲啦。"

"咦？你怎么知道？"

我将手中的叉子放在碟子上。

"犹大父亲出了公司后，顺带去了趟站前的书店，跟可能是他同事的人站着聊了会儿天后现在正在车站的月台上。"

"你怎么会知道得这么清楚？"

"因为他在我的视线范围内。"

“欸？你是说你现在在外面吗？”

侧耳倾听，确实能听见电话那头有类似车站广播的声音。

“电车来了，我想上去看看，等我下车再联系你会合。”

瞬间，小花的说话声淹没在一阵电车到站的嘈杂声中。通话断了，我往嘴里塞入一大口奶酪蛋糕，心想怎么会这样呢？小花不是闭门不出的吗？不是说好在家等我报告的吗？但话说回来，她不愿出门的毛病痊愈了，也算是幸事一件啊。

当草莓汁被吸干时，渡边勘治这才慢悠悠地回来了。

“已经吃完了吗？”

老人看了眼空空如也的蛋糕碟及果汁玻璃杯后如此问道，他似乎并没有想要掩盖内心吃惊的意思。因公交车就要来了，我们匆匆起身，下楼时碰巧与一位女生擦肩而过，她可能就是那拨女学生正在等待的人吧，也就是今天生日派对的主角。马上，女学生们纷纷聚集到台阶旁，一边欢唱生日歌一边迎接主角入场。我和渡边勘治瞟了眼她们后，随即离开了餐厅。

公交车内乘客很多，不过我们还是很幸运地找到了一个并排双人座。车窗外的天空蒙上了一层淡淡的粉色，与整个世界的轮廓柔和地融合在一起。

“大叔，你为什么要去医院？是身体不舒服吗？”

“我上个月刚做过手术。”

“什么手术？”

“胃癌，不过现在好像正在好转。”

公交车从高架下穿过，停靠在公交站旁。靠站后，大部分的乘客都先后不一地起身准备下车，我们也在这站下了车。貌似从公交车站走到电车车站还有一小段路程，下车后，乘客们一个个沿着高架奔向车站。

去往车站的途中有一个小型公园，园内有秋千、滑滑梯、攀登架等娱乐设施。渡边勘治走进公园，找了张长椅坐下，看上去似乎很疲惫的样子。

“我在这里休息一会儿再走，你先回家吧。”

渡边勘治表情痛苦地说。从公交车站到公园其实并没走太长的路程，可他竟会如此疲劳不堪，而且他的脸上还有汗珠浮现。难道他说的手术后正在康复是假话？那他现在是不是病痛难耐呢？

我脱下外套，双手拎住衣服呼啦呼啦地给渡边勘治扇风送凉。他摘下中折帽，放在膝盖上。每当我扇一次风，他的白发就向后飘逸一回。

“人真是脆弱的物种啊，不过我没想到自己竟会脆弱到这种地步。啊啊，我舒服多了，谢谢你。”

站在地上休憩的鸽子忽然展翅飞起，脱落的白色羽毛乘风飘舞，从我眼前轻轻飘过。小花还没有联系我，于是我决定先在这里滞留段时间。我将外套挂在栅栏上，然后试着荡了会儿秋千。因为许久没荡，心情变得愉悦起来。

“你荡得很好嘛。”

渡边勘治的脸色总算勉强好转了些，这时他从长椅站起来，坐在了我隔壁的秋千座板上。而我则继续嗖嗖嗖地荡着自己的秋千。

“我有两年没荡过秋千了，大叔你呢？”

“我四十年没荡过了吧。”

他一边小幅度地荡着秋千一边回答说。

“最后一次荡秋千还是女儿上小学的时候。距离现在有四十年了吧？也不是很久啦。”

“明明很久好不好！久到不可思议。”

渡边勘治看了我一眼，眼梢的皱纹深深层叠在一起。我停下秋千追问道：

“你说你女儿四十年前在上小学，那现在岂不是五十多岁了吗？”

“现在完全是个欧巴桑了。一个生于昭和年代的欧巴桑。”

“昭和呀。那时候的人是不是因为战争过得很辛苦？虽然我不太了解……”

“打仗的时候，我的年龄跟你现在差不多哦。不，说不定比你还小一点儿呢。往事还真是令人怀念呀，那时候的电影全是黑白的呢。”

“是吗？黑白的电影，感觉看着真是毛骨悚然呀。”

“为什么？”

“因为那时候的演员现如今应该都去世了吧？如此一想，便觉得很恐怖。”

“都是已经过去的人了。大家不知不觉间都去了天堂，黑白电影的时代也结束很久了，但又有种像是昨日往事的错觉。”

我双脚离地，继续摆荡秋千。渡边勘治则哼起了类似歌曲的音调，我猜，应该是过去的流行曲吧。曲子的歌词像是在哪儿听过，又像是从没听过。当歌词出现恋爱中的少女时，我不禁觉得有些猥亵。

抵达车站后，我和渡边勘治相互道别。当头戴中折帽的老绅士通过检票口时，他最后转身向我浅浅鞠了个躬。没一会儿工夫，他便消失在了茫茫人群中。

第五章

1

电车内全是刚下班的上班族和刚放学的高中生。我抓住吊环，发现母亲给我发了条短信。想来此时此刻的她应该会大吃一惊吧，因为结束与出版社的会谈后返回家，却没看见本应在家养病的我。我啪嗒啪嗒地摁动着手机摁键，准备给母亲回复短信。首先向她赔礼道歉装病一事，再来告诉她我现在在电车里，会赶在最后一班电车收班前回家，还有就是我正要去跟荒井花会合，输入这些内容后我摁下了发送键。当母亲得知我突然跟邻居荒井花成为朋友的消息后，会不会觉得很诧异呢?

刚才我送走了渡边勘治，然后在站前与荒井花取得了联络。她正在一个名为火乃鸟站的地方。

“我刚才跟踪了犹大父亲。你现在在哪儿？”

“在我王站前。”

"你能来火乃鸟站吗？就是位于黎明线的火乃鸟站。"

"好的，我这就过来。不过小花你为什么会在外面呢？你不是应该在家吗？"

"你不觉得比起一个人，两个人一起行动更有效率吗？"

"那倒是没错。"

因换乘比较耽误时间，我索性直接跑下了楼梯。再来由于即将搭乘的路线我从未坐过，不知能否顺利抵达目的地车站，内心难免有些不安。不久，减速的电车终于缓缓滑入月台，透过停止前行的电车车窗，我看见了标有火乃鸟车站的站牌。

走出检票口，我就看见荒井花正靠墙伫立着。她那副双手插入连帽卫衣口袋靠墙站立的样子，看上去着实像位离家出走的少女。她发现我后，立即走了过来。

"你真够慢的，事态可是每时每刻都在发生着变化哦。"

"你说得对。那我们差不多回家吧？"

"你竟然说要回家？现在离最后一班车还有好些时间呢。"

根据车站时刻表显示，火乃鸟站的最后一班车是二十三点左右。

"那岂不是快要到凌晨了？"

“是终于快要睡醒的时刻啦。”

“估计只有你才会在这种时间睡醒吧。”

通常说来，御宅族几乎都是过着昼夜颠倒的生活，所以在凌晨睡醒也非怪事。小花一把摘下我的无檐帽，扣在了自己头上。

“借你的帽子一用，因为汤田家的人都认识我。你跟我来。”

我连忙追上小花的步伐。火乃鸟站既没有供乘客行人落脚休憩的家庭餐厅，也没有任何一家便利商店，真是太令人扫兴了。

“我们要去哪儿？”

小花没有回应我。我们绕到车站后方，在灯火辉煌的住宅区越走越深。

路过小学，渡过小河，我和小花来到了一个绿意盎然的公园。不过这个公园并没有秋千和滑滑梯，倒更像是草木繁茂、四处都有巨型树木耸立的郁郁葱葱的绿地公园。树丛的阴影比夜空还要幽暗，让人不禁有些恐惧。然而，小花却若无其事地走在最前面。

“喂，我们要去哪里呀？”

“汤田家呀。”

“汤田家？！”

透过前方遮挡视野的枝叶空隙，似乎能看见类似巨大光墙的东西。那到底是什么呢？穿过公园，好不容易才走到与入口相反方向的出口，这时才终于看清方才的巨大光墙是何物。原来是栋巨大的公寓。公寓的宽度远远超过视线范围，入口周围停有高级轿车。对我而言，即便站在黑暗中，从公寓窗户透射出来的灯光及公寓周围的路灯都显得特别晃眼。可能就是因为光照太强太饱和的缘故吧，以至于在公园乍一看时误以为是面光墙。

在公寓与公园间，有条车迹罕至的林荫大道横穿其中。小花抬头仰视着公寓大楼说：

“犹大父亲刚进到这里面去了。”

“是几号房间？”

“不清楚。因为有门禁，所以我没能跟进去。”

“犹大应该还活着吧。”

“没有亲眼证实的话，我就不回去。”

“要如何证实？”

“守在这里监视出入口。如果光太郎还活着的话，现在应该上高中了，而出入口是他回家的必经之地。”

“可话说，现在这个时间他应该早就回家了吧？”

“那家伙可不是什么优等生，以前就常常在回家的路上闲逛，挨到九十点才回家。”

接着，我们以公园出入口周边地带为据点，开始监视公寓。在我看来，这个据点还挺不错，附近既有公园的公共厕所，又有自动贩卖机，可以买到热乎乎的奶茶。此外，还有长椅供我们休息。我和小花待在黑夜制造的黑暗中，目不转睛地盯视着公寓入口。公寓玄关门廊处灯火通明，再往里有扇让人联想起高级酒店的两开门禁。每当有住户出入门禁，我们都会停止闲聊，观察那边。然而，我们一直都未发现所谓的犹大，即汤田光太郎这号人物。另外，每当有高中男生从林荫大道的远处走过来时，我也都会轻轻拍拍小花的手臂，用手指着那位学生问是不是光太郎。不过，那些高中男生大都只是路过公寓，并不进门。

为了防止再次出现类似将汤田辉男和渡边勘治搞错的尴尬局面，我向小花打听了汤田光太郎的容貌特征。可是，小花口中的汤田光太郎怎么听都像是个脱离现实的美少年。

“好像少女漫画里登场的家伙呢。”

“他就是很有型嘛，脑子也灵光。”

“我房间里可是有他得了十五分的考卷哦。”

“得了十五分就代表脑子不灵光吗？”

我和小花注意观察公寓出入口的同时，为了打发时间，我们时而捡根木棍挥来挥去打闹嬉戏，时而玩起接龙游戏，时而拔根杂草，再恶作剧地从对方的后颈塞入上衣。待这些都玩腻后，我们又开始漫无目的地攀爬起街灯，再来就是换鞋穿或相互故意叫错名字。总之，不经意间三个半小时就这样过去了。

在这期间，母亲会时不时地给我发短信，内容无非就是“请早些回家、现在在哪儿”之类的话。回复母亲短信时，我虽然没有将所在地告诉她，但我跟她说自己现在平安无事，已经顺利和小花会合。与我截然不同的是，小花的手机则一直没有任何动静。据小花说，因为先前母亲接连不断地来电追问，她嫌烦便索性关机了。顺带说一下，小花的来电铃声是蒸汽火车的声音，我的则是消防车的声音。

目前距离最后一班电车的出发时间越来越近了，我们也差不多该收工了。终于，小花提出了放弃。

“今天就到此为止吧！反正我们已经知道汤田家的住址了。”

“我们好不容易才来到这里，现在走是不是有点可惜？也许他现在已经到家了，我们试着大声喊喊看，如何？”

我抬头仰视眼前这栋巨型公寓，然后将双手放在嘴边歇斯底里地大声喊叫道：

“光太郎！你还活着吗？！快出——来！能否从窗口露个面？”

“拜托别这样啦！万一公寓里的人全都跑到窗户旁看我们怎么办？”

于是，我们决定回家。

我和小花再度踏入绿植繁茂的公园，从枝叶的重重阴影中穿过，走向与公寓相反方向的住宅区。户外的气温逐渐下降，甚至有种凉飕飕的感觉。在慢慢下坡时，我不由得打了个喷嚏。

“爱丽丝，为了感谢你陪我来这里，我请你吃点什么吧！”

“那来点热乎乎的东西吧，比如拉面之类的。”

如果吃拉面的话，从点餐到上菜无须花太长时间，假如我们速战速决，应该还能赶上末班车。我一边嘀咕拉面、拉面，一边朝车站方向移动。过了段时间后，我们终于发现一家亮着灯的还没闭店的拉面馆。瞬间，我和小花犹如飞蛾般，快速扑向了那家店。

这家拉面馆不是连锁店，而是由老板个人经营。狭窄的店内只有一名男性顾客正坐在柜台的一角玩弄着手机，在他面前并没有空碗，所以我推测他应该是点完餐正在等服务员上菜吧。环顾四周，拉面馆的柜台及餐桌集体选用了朱红色，踩在沾有油污的地板上，感觉一不小心就会滑倒。靠里侧位置有张两人桌，我和小花毫不犹豫地走过去坐下。

柜台内侧有口煮面的大锅，大量蒸气正从锅内不声不响地涌出。蒸气太过浓密，以至于都无法看清站在锅边的店主的脸。此外，店内墙壁上贴有菜单。

“点什么好呢？”

“时间紧张，我要酱油拉面。”

“那我要大葱味噌拉面。”

当我们告诉店主要点什么拉面时，只听闻店主从蒸气的那边答了句“好的”。小花将手肘支在桌上，看上去似乎很开心。

“好久都没在外面吃饭了呢。”

“万一不好吃就完蛋了。”

“确实那样就太糟糕了。”

这时，店门被拉开，一个十多人的团体钻过门帘进入店内。这伙人看上去全都面目可怕，胡子拉碴，而且每个人的头上都绑有一条白毛巾，可能是在工地施工的大叔们吧。落座后，他们立即吸起烟来。在我看来，这些大叔的举动简直就像山贼般粗野。

“真是千钧一发呀。”

小花一边斜视他们，一边小声对我说。

“还好我们比那些人先一步进店，否则上菜就要等好长一段时间了。”

我点点头表示非常赞同，毕竟对方是一大拨人，等店家给他们上完菜再来做我们的拉面的话，很有可能就要错过末班车了。

“各位辛苦了。”

坐在柜台的男顾客突然起身站了起来，他正在向刚入店的那伙人搭话。看到这一幕，我和小花立即紧张地相互对视。

“我刚给各位大哥点好餐了。”

被尊称为大哥的十来个男子纷纷用粗暴的声音嗯了一声。这时，一只端着大碗拉面的手从烟雾弥漫的柜台内侧伸了出来。“叉烧拉面，让您久等了！”店主这样招呼道。坐在柜台旁的男顾客立即接过拉面，继而递给被他称为大哥的十几个人中的一人。

照眼前情况来看，比我们先进店的坐在柜台旁的男顾客多半已经帮比我们晚进店的大叔们点好了菜，而我和小花点的拉面应该会在上完他们所有菜后才开始制作。

“怎么办？”

我们看了眼店内的钟表。

“风险太高，还是不吃了吧？”

“抱歉！我们时间来不及了，能麻烦取消刚才的面吗？”

我起身冲蒸气那边的店主问道。这时，十几位大叔中的一个回过头来对我说：

“姑娘们，要是不嫌弃的话，我的叉烧大葱拉面可以让给你们吃哦。另外还点了颗鸡蛋。”

坐在柜台旁的其他大叔也都先后表态说：

“要不要换我的韭菜炒猪肝套餐呢？”

“那谁，这件事就交给我吧！姑娘们，要不要吃我的中华打卤盖饭呀？”

正当我和小花对这出乎意料的提议踌躇不定时，一个盛满各种菜式的碟子被端到了我们眼前，碟子里的菜全是店主刚给大叔们做好的饭菜，尽管每样都夹了一点，但总量却不少。最后，我和小花不仅吃到了中华打卤盖饭、鸡蛋汤、叉烧面，还附带品尝了其他几样料理。吃饭时，我们时刻注意着悬挂在墙上的指针式钟表，不敢有片刻耽误。目前来看，我们应该可以赶上末班车。虽然今天过得很不容易，但最后能吃到如此美味的料理真是太幸福了。正当我一边吸食拉面一边在内心感慨时，小花杵了杵我的手臂，问道：

“不好吃吗？”

“欸？蛮好吃的呀。”

“可我看你紧皱着眉头。”

“那是我的习惯啦。吃饭的时候不自觉就皱起来了。”

拉面馆内摆了台电视机，正在播放娱乐节目。虽然吃得很着急，但我和小花还不忘瞟几眼电视。当节目进入尾声，开始播放职员表时，小花好奇地追问说：

“咦？已经完了吗？”

紧接着，小花满脸不可思议地看了眼店里的钟表，再转而瞅了眼电视屏幕。

“怎么了？”

“我经常看这个节目，今天总感觉结束得有点早呢。”

突然，一股不祥的预感袭上心头。我掏出手机看了眼时间，再将视线移向墙上的钟表。

“那块钟表可能走慢了。”

根据正确的时间，末班车马上就要出发了。我们将自己点的酱油拉面和大葱味噌拉面转让给了那群看上去神似山贼的大汉，待小花付完钱后便飞奔向车站。离店时，那些大叔还热情地向我们挥手道别。

我和小花拼命跑向火乃鸟站，首先抵达车站的人是我，等了一小会儿后，远远落后于我的小花才总算到来。我们站在售票机前，抬头仰视路线图，因担心错过电车，我们心急如焚，陷入一阵混乱。尽管找到了黎明线的火乃鸟站，可行车路线却怎么也捋不清楚。

“藤子方向是哪条线？”

“安孙子线？藤本线？”

“没时间了！”

“唔哇啊！藤子到底在哪儿呀？！”

我们没能从图中立即找出如何换乘才能回家的路线。末班车的发车时间迫在眉睫，我们急得手忙脚乱，脑海一片空白。在好不容易买票进站后，末班车却无情地在我们眼前哐当哐当地开走了。

二十三点，我们错过了回家的交通工具，被抛弃在了夜幕笼罩的城市中。

行走在街灯下，呼出的空气微微泛白。明明还是秋天，却不得不做好防寒措施。我从未想过夜晚竟会如此寒冷，要不是为了帮助小花，原本这个时候我也不会在外溜达。我们哆哆嗦嗦地漫步在夜道上，小花猫着背，看上去似乎很冷。

生锈的金属丝网、荒芜的土地、标满路线并被涂鸦得乱七八糟的混凝土墙，以及空无一人的学校和游泳池，我们想要找到一块休憩之地。可无奈的是，不知哪个角落会是我们今晚的家。我们陷入了错觉，感觉转来转去都只是在原地打转。找不到一家深夜也开张的家庭餐厅，煞费苦心地发现一家还亮着灯的便利店，可惜跑至跟前才知道店面经营不景气，施工人员正在店内装修整治。

纵然进入夜晚，都市一隅的天空也仍有些光亮，被月光镶边的云层在每家每户的屋顶延伸铺展。深夜的十字路口没有车辆通过，我依旧按照交通规则在红灯前停下脚步，可小花却不受束缚地直接闯过了马路，我连忙追上前去询问说：

“我们无处可去，接下来怎么办？”

“只要到早上还没冻死就好了。”

小花回答说。

从投币式停车场前路过时，我随意地瞥了眼停车场，偌大的一片空地停有几辆汽车。在我们的视线范围内，出现了一辆前照灯亮着的小轿车，小花停下脚步，站在路边眺望着小轿车的一举一动。司机从橙色的停车计时器内取出一张停车券，随着横杠的抬起，小轿车驶入了停车场。

司机停完车后便离去了，确认他暂时不会回来后，小花慢慢穿过横杠，进入投币式停车场领地。当我目睹她悄悄靠近小轿车却不明其意时，她突然弯腰钻入车下。

“喂！等一下！你在干吗？！会被逮住的哦！”

在沥青地面与小轿车车体之间，有段能勉强容纳人体的间隙。我跑到小轿车跟前，偷偷俯身望了眼那个间隙，夹在轿车与地面之间的小花宛如跳入了温泉般，满脸幸福的样子。

“好——暖和——！”

我试着将手停放在车身下，确实能感觉到微热，估计是车子的引擎余温在发挥效果吧。我趴下身子，匍匐前行，将身体塞入车子下方。刚进去没多会儿，后背便有股热意渐渐袭来。为了让贴在地面的肚子不受凉，我想尽可能采取侧卧的姿势，可谁知最后竟与小花背对背。车体的底部坑洼不平，看上去如同独角仙的腹部。沉浸在温暖中的我总算放下心来，稍作喘息。

“真是极乐世界啊！”

当下这既狭小又温暖的境遇不禁令我联想到了待在母亲腹中的胎儿，估计两者的安心感是一样的吧。紧接着，我又想起了搬家那天的情景——躲在硬纸壳箱内偷偷观察邻居家的窗户，而那天藏在窗帘背后的少女现在就在我身旁。不仅如此，她还被我号召出了家门。不，应该说是她自己走出了家门。总而言之，眼前的一切真是太不可思议了。我们背靠背，一同体味窄小的空间及来之不易的温暖，是不是与同母双胞胎很像呢?

我和小花相互贴着彼此的后脑勺。

“要是光太郎死了，那就是我杀的……”

小花突然开口说。

目前，汤田光太郎是死是活仍然是个谜。尽管按小花所期望的间接搜查方式行动了一天，但最终只是锁定了汤田家的地址而已。

“多半没有死啦，你别想太多。”

小花对汤田光太郎到底做了什么？虽然之前问过她，可没能得到正面回复，不过当下小花似乎有想要透露的意思。

“你想知道发生了什么吗？”

“嗯，你能告诉我吗？”

小花直接无视我的存在，开始滔滔不绝自顾自地说了起来。

2

每年情人节，我都会给汤田光太郎准备他爱吃的红色包装盒的“KitKat”巧克力维夫饼干。直到小学三年级，我都会在白色情人节收到光太郎的回礼，可一升入四年级，回礼便再也没来敲过门。

“那家伙太害羞了！下次我抓他来。”

比我大两岁的汤田麻衣得知此事后表示非常气愤，而我却不大介意，因为虽然没收到回礼确实很失落，但收回礼并不是我送光太郎礼物的初衷。

就在初二临近情人节前，我们二人一起搭乘麻衣自行车时才聊起了搬家的话题。而且，汤田家决定在第二年入夏前搬走。于是我下定决心，为了让搬到远方的光太郎一直记得我的存在，为了能永远维持我们的这段关系，我要送他一份礼物。在情人节那天，与巧克力一起亲自送到他手里。

这份礼物就是结婚申请书。

“结婚申请书？！”

爱丽丝追问道。由于我们在轿车底下背靠背躺着，所以我看不到她此时此刻的表情。“我希望有一天我和光太郎能在那份申请书上签字盖章，你不觉得这样很浪漫吗？”

“呃，这个我不太好说。那他是什么反应呢？”

“没反应。”

“那气氛岂不是很冷场？”

“也许是我说明不充分，我的意思并不是说马上就结婚，更不想给他压力，只是希望他能记住我而已。”

我继续向爱丽丝说明道：

“将结婚申请书当作礼物后，春天便发生了奇迹。我和光太郎竟然成了同班同学，而且换座位时，我们的座位被安排成一前一后。这真是人生最大的幸福啊。”

“然后你就杀了他？”

“还没杀啦。要不是他做出那种白痴的事，我其实也不会动手。”

我闭上双目，脑海中浮现出傍晚夕阳西下的情景。

升入初三后，距离汤田家搬家的日子越来越近。有一天，我撞见光太郎和一个女学生一同在墓地散步，出于关心，我立马一边尾随一边时不时躲在墓碑背后，悄悄地窥视他们的一举一动。

天空中，乌鸦展开漆黑的羽翼正在随性飞翔。和光太郎在一起的女学生是我们的同班同学，我轻轻潜藏在他们附近，偷听他们的谈话。

“汤田君，你要跟我说什么？”

“你想跟我交往吗？”

“你喜欢我吗？”

“要是讨厌的话就不会向你表白了吧？”

“如果汤田君想跟我交往的话，我可以同意哦。”

“那我们定下誓约吧！你能在这上面签字吗？”

光太郎从书包内取出一张纸。当女学生接过纸张通读一遍后，随即把它揉成一团。

“你是在戏弄我吗？”

说完，她将纸团扔向光太郎，转身离开了。看着她远走的背影，光太郎叹口气后也朝相反方向离去了。那张被揉成一团的纸却安安静静地躺在地上。

乌鸦啊的一声，挥动着强有力的翅膀，扑棱一声飞走了，掉落的黑色羽毛在暮色中轻轻飘飞。确定两人都离开后，我从墓碑背后走出来，捡起并展开被揉得皱巴巴的纸团，纸张上的内容我曾见过，是结婚申请书。

走在去往学校的路上，脚步从未有过地沉重。因我走得非常缓慢，好多人都从我身旁擦肩而过，我拼命忍住不让自己倒下。光太郎有很大可能压根不喜欢我，我们明明从幼儿园开始就一直在一起，可他喜欢的人却不是我，而是别人。也许，他喜欢那个将结婚申请书揉成一团并扔向他的女生吧。一想到这里，我的胸口就无可奈何地绞痛起来，对于眼前这个世界，我心灰意冷，无力理睬。然而，这一切都是我的误解，光太郎其实并不喜欢那个女生。

某一天，数学课上老师准备进行一场小测验。我们三年级二班的所有同学都静悄悄地答着考卷，为了防止作弊，老师在课桌间来回走动巡查。突然，老师看了眼某女同学的答卷，说：

“小森，你的姓氏写错了哦。”

可那位同学摇摇头说：

“这个姓是对的。因为已经结婚了。”

“结婚？你父母吗？”

数学老师不禁立马反问道。这种情况通常都会认为是父母再婚导致姓氏发生了变化，可事实并非如此。

“不，是我结婚了。”

教室鸦雀无声，女同学与数学老师的对话，全班同学都听得一清二楚，好奇的我们不约而同地向她追问：

“结婚？和谁？”

“和汤田君。我和汤田君结婚了。”

事后据传闻，那孩子在答卷的姓氏一栏写上了“汤田”两个字，而不是“森”。瞬间，教室里大家的视线全都汇聚到光太郎身上，可他坐在课桌旁一动不动。由于我的座位在他身后，所以除了他的后脑勺，我什么也看不见，包括他的表情。

然而，事态没有就此平息。教室里三位女同学先后站起。

“这里面一定有什么误会，因为跟他结婚的人是我。”

“这是怎么回事？”

“那个，我也和汤田君……”

事实上，汤田光太郎貌似拿着结婚申请书搭讪了班上所有女生。尽管多半都被拒绝了，但有四个暗恋着他的女生满心欢喜地接受了，毕竟他的长相还是蛮帅气的。在四个女生当作宝贝一样保管着的结婚申请书上，似乎写下了汤田光太郎及每个女生的名字，甚至还盖了印章。

众所周知，受年龄的限制，他们的行为并不算真正法律意义上的结婚。即便到了法定结婚年龄，未成年人在第一次结婚时也一定要征得双方父母的同意，并有两位以上的成年人做担保。光太郎好像是打算一满十八岁就将申请书提交给市役所[①]，四位女生也都各自做好了准备。他告诉她们，数年后只要有想要结婚的对象，即便不告知父母，找成年人朋友做担保也是可以的。等到法定结婚年龄，就将结婚申请书没

---

① 日本的市役所相当于中国的民政局，是官方受理结婚申请的机关。

填好的地方完善好，一旦交给市役所，就能被正式受理成为夫妻。如果光太郎同时递交四份结婚申请书，那就存在与其他三人重婚的现象，甚至被判刑罚。还有一种情况是，假如经户籍查询发现光太郎已婚，市役所应该就不会受理他和其他三人的结婚申请。顺带说一下，这些都是我从大家的流言谈论中听来的。

在答卷上将姓氏写成汤田的那位女同学因能和自己喜欢的人定下婚约而完全沉浸在了喜悦中，她不仅将自己改姓的事告诉了其他班上的朋友，还在邮寄包裹的姓氏一栏写上汤田，甚至让宠物鹦鹉叫她汤田。尽管其余三位女生没有在小测验的答卷上将姓氏改成汤田，但似乎她们对将来自己会改姓汤田一事坚信不疑。

光太郎把汤田这个姓分给了对自己心怀好感的四位女生，可他的这一行为实为不妥。在被老师说教时，老师问他为什么要这么做，但他没有做出任何解释。对这四个女生，估计他都不曾抱有一丝爱意吧。在结婚申请书上签名的四人在得知自己的感情被戏弄后，心灵受到了极大的伤害。

在通往学校的川原道上，我被年龄大到临近退休的班主任老师叫住了。他想向我打听光太郎的近况，由于我和光太郎是邻居，所以他希望能从我这儿获得些信息。

“他为什么要做那种事呢？”

“他们家好像要搬家，可能是心情不太稳定吧。”

“荒井同学，你收到过结婚申请书吗？”

“没。”

三年级二班的所有女同学都收到了光太郎结婚的邀请，唯独我例外，比起悲伤，我更先产生的情绪是愤怒。他漫无目的、永无止境地把汤田这一姓氏拱手分享给女同学们，却偏偏没有给我。

嗡嗡……

嗡嗡嗡嗡嗡……

蜜蜂抖动翅膀的声音从耳畔一掠而过。这是上课前，我在教学楼旁的矮牵牛花坛手举喷壶给花浇水时发生的事，听闻声音定睛一看，发现在花坛飞舞的正是熊蜂。它拥有短粗胖且圆鼓鼓的身形，胸部周围被黄色的体毛覆盖。作为暑假的自由研究课题，我和麻衣相约一起观察过熊蜂。突然，我的脑海中浮现出光太郎的身影。

他很惧怕蜜蜂，因为前阵子他的手臂刚被蜜蜂蜇过，没一会儿工夫，伤口就快速肿胀起来，红肿得像根香肠。打那以后，无论花坛还是荒井家，他都不敢靠近。

上课的铃声丁零零响起，现在是清晨课外活动的时间，可我一直凝视着熊蜂不肯离去。熊蜂降落在矮牵牛的花瓣上，为了采集蜂蜜，它嗡嗡嗡地钻到了花蕊旁。矮牵牛的日本学名叫作杂种撞羽朝颜，花期在四月到十月间，花语是“与你同心”。花瓣共有五片，最外沿由一层艳丽的蔚蓝色装饰，柔嫩娇美。我试着用指尖轻轻捏住花瓣边缘，然后快速合上花瓣，熊蜂被关在了柔软的花苞中。

嗡嗡……

嗡嗡嗡嗡嗡……

花苞中有声音传出，这声音听上去是那么不知所措，那么混乱不堪，那么极具攻击性。

我想松开手指解放这只可怜的熊蜂，但现在还不是时候，因为有个恶作剧的计划正在脑海盘旋。我继续捏住合上的花瓣，将这朵矮牵牛花从花茎摘下，然后直接带入教学楼。

走进教室一片骚乱，因为班主任老师还没来，所以大家都在肆意妄为地做着自己想做的事。我看了眼汤田光太郎，他正在专心致志地玩着校规明确规定禁止带入学校的迷你游戏机。我走到位于他身后的座位坐下，目不转睛地凝视着他的后脑勺，被手指捏住的花苞中能听见熊蜂拍打翅膀的声音。不知声音是否也传入了光太郎的耳内，他抬起头彷徨地朝周围扫视了一圈，但随即又将视线移回到了迷你游戏机的液晶屏上。

光太郎的坐相很差，屁股坐在椅子最外沿，将迷你游戏机放在胸前，整个脸庞几近要扎入屏幕。坐在他身后的我看着他那白皙的脖颈，可能是受坐姿的影响吧，他学生制服的领子与脖颈间敞开了很大一条空隙。而我则利用这一空隙，将关着熊蜂的矮牵牛花悄悄放了进去。

我想象着马上察觉到的光太郎定然会不知所措乱蹦乱跳，因为熊蜂肯定会从花苞中逃脱出来大闹一番，为了轰走这展翅闹腾的家伙，他只能惊慌失措地脱下制服……

然而事与愿违的是，光太郎并没有立即发觉。装有熊蜂的矮牵牛花可能掉入制服与衬衫间，卡在后背上了。因坐姿的关系，靠在椅子靠背上的光太郎的制服由下往上堆挤，被压出一条条深深的褶皱，而矮牵牛花就被卡在了这些褶皱中。可能因为花瓣太过柔软，光太郎并没发现后背有任何违和感，仍旧一心一意地沉迷于游戏。熊蜂此时也停止振翅，看上去似乎丝毫没有要骚动并大闹一番的意思。我要不要拍拍光太郎的肩膀，告诉他有蜜蜂飞入他后背了呢？但我不想因此暴露自己的恶作剧。

这时，班主任老师进来了，光太郎立即将迷你游戏机塞入课桌。班上其他同学也都停止闲聊，各自回到了座位。现在开始清晨课外活动，说了几句注意事项后，老师把光太郎叫上了讲台。因为汤田家要搬家，所以今天是光太郎在三年级二班上课的最后一天。

光太郎从座位站起，走向教室前方，全员的视线都会聚在他身上，唯有我一人正密切关注着他的后背。熊蜂是不是已经飞到别处去了呢？它完全没有让我察觉到它的存在。

“汤田君，请跟大家道别吧。”

班主任老师如此催促后退到了讲台一旁，讲台中央只剩光太郎一人，他那细长高挑的身材看上去很帅气。

“我是即将要转校的汤田，在校期间给大家添麻烦了，今后请大家忘记我，快乐地度过初中生活。”

最后他低头向大家深深鞠了个躬。这时，我终于再次听到了熊蜂振翅的声音。我想，应该是光太郎鞠躬时，后背制服受人体行动影响被拉扯，熊蜂遭遇压迫又开始挣扎起来了吧。

突然，光太郎像是察觉到什么似的，身体向后扭转，双手绕至背部。班上的同学们及班主任老师貌似并不知道发生了什么，全员面露讶异地看着光太郎。不久，光太郎就瞪着双眼大叫：

“好痛！”

光太郎随即脱掉制服，他后背的衬衫上有一个小黑粒。光太郎将手绕到背后拼命揉搓，啪嗒一声，有什么东西掉在了地板上。仔细一看，发现是熊蜂。瞬间，光太郎一边呻吟叫疼，一边身体后仰地跪倒在讲台上，估计是熊蜂隔着衬衫蜇了他一口。

地上的熊蜂嗡嗡嗡地拍打着翅膀腾空飞起，别看它身形粗短胖，但此时此刻它在教室大闹天宫的身姿却是异常英勇无畏。同学们因害怕全都到处乱窜，班主任老师命令大家一起打开窗户，伴随着哀鸣声和怒吼声，熊蜂围着教室飞来飞去。有的同学干脆躲到了桌子底下，有的用书包驱赶熊蜂，有的直接躲在朋友身后。当教室陷入一片狼藉混乱时，我悄悄从椅子上站起来，尽管熊蜂振翅的嗡嗡声就在耳畔萦绕，但不知为什么我并不恐惧，更没有刻意躲避。我穿过弯腰防止被蜇的人群，一步步接近讲台上的光太郎。

他的状态不太好，尽管只是后背被咬了一口，但他的疼痛感似乎没有变弱或消失的迹象。他一直保持背部后仰的姿势，红通通的脸上浮现出苦闷的神情。

男生、女生开始向在天花板附近盘旋的熊蜂乱扔东西，刹那间，毛巾、上衣、体操服、文具等物体全都被扔到了空中。在一片嘈杂声中，我听到了光太郎呃呃呃的痛苦的呼吸声，从他喉咙发出的呻吟声就像是在吹奏一支坏掉的笛子。

终于，熊蜂从敞开的窗户飞出去了，在场的各位这才全都安心地松了口气。光太郎从被蜇到现在已经过去好几分钟，他精疲力竭地倒在讲台上，虽然还有口气在，但呼吸缓慢，眼神迷离，双目充血，嘴唇肿胀，被送到学校保健室后不久就被救护车送去了医院。我捡起他扔在地上的制服，矮牵牛花花瓣七零八落地飘落在我脚旁。

“被蜜蜂蜇是会死的哦。”

我听到了同学们的对话。

“是真的啦，我看电视里说过，被蜜蜂蜇会导致休克死亡，那个什么什么休克之类。”

“什么休克？超休克吗？”

“过敏性休克。”

“欸？你再说一遍。”

“我父亲老家一位邻居大叔就是这样死掉的。”

“你再说一遍，再说一遍。”

“我父亲老家一位邻居……”

“不是让你说这个，说那个什么休克。”

“过敏性休克。”

班上同学私下都在议论，说光太郎之所以会被蜜蜂蜇是因为遭到了天谴。此外，还有一种流言说是与光太郎结下誓约的四位女生因真爱被戏弄而联合起来策划的阴谋。听到这些言论的我胸口绞痛得无法呼吸，老师上课说的话更是完全听不进去。

趁午休时间，我跑到图书馆想查一查什么是过敏性休克。根据书籍记载，过敏性休克是当人体遭遇有害异物侵袭后，通过免疫机制在短时间内触发的一种严重全身性过敏反应。比如当感冒病毒侵入身体时，为了击退病毒，体内会创造出一种被称为抗体的物质。为了防止感冒病毒再次侵入，抗体会在人体内停留。

然而，免疫机制偶然也会出现失误。对花粉及食物等稍微有害的物质，它们会做出“是毒”的深信不疑的过剩判断。结果，人体会出现发疹子、打喷嚏、不停流鼻涕等症状，有时甚至会引发黏膜肿胀、恶心腹痛、呼吸困难等严重不适，我们将这种现象称为过敏症。

所谓的过敏性反应，是在短时间内产生的全身性严重过敏症，而过敏性休克的后果更加惨重，它会引发人体血压降低、意识出现障碍等一系列危及生命的症状。日本每年都有五十多人死于过敏性休克，其中因蜂毒死亡的人数大约有二十人。如死者死因是蜂毒，通常都是因为短时间内被蜜蜂蜇过两次。第一次被蜇时体内生成抗体，第二次被蜇时抗体对蜂毒产生了过剩反应。据统计，第二次被蜇后人体心脏会在十五分钟左右停止跳动。

放学后，我向班主任老师打听了光太郎入住的医院地址并火速赶往那里。路上有巡逻警车经过时，我会低下头不由得加快脚步行走。抢救光太郎的医院大楼是栋白色单调的建筑物，建筑物旁的草地上长满了枝叶繁茂的绿植。

然而我并没走进急诊楼，因为我看见光太郎的父母正在安抚身穿高中制服、站在楼前抹泪啼哭的麻衣。光太郎可能死了吧，不然麻衣也不会哭得那么伤心。想到这里，我立即转身逃离了急诊楼。

回家后，我关上窗户、拉拢窗帘，一头蒙进被子里，然后开始不停地颤抖。那天晚上有警察来敲我家房门，跟母亲说完事情原委后便直接穿鞋闯入我家，强行撬开我的房门后，向躺在床上的我亮出了逮捕令。

"荒井花，是你在汤田光太郎的后背放了蜜蜂吧？现以杀人嫌疑犯的罪名逮捕你。"

紧接着，警察用力抓住我的手腕，给我套上了手铐。正当我凝视着手腕上冰冷坚固的手铐不知所措时，我突然一边尖叫一边从床上一跃而起，冷静环顾一圈屋子没有发现警察，原来一切都只是个梦。

被汗水打湿的发丝贴附在脸颊旁，我走到厨房，从冰箱拿出一瓶矿泉水，一口气往干涩的喉咙里灌了不少。可即便如此，萦绕在我心头的恐惧仍未消除。

第二天，像往常一样换好制服准备出门上学时，双脚突然迈不出家门。当大门被推开的瞬间，我感觉身体恶心到了极点。脑海里浮现的是难受到面红耳赤且神情苦闷的光太郎，以及泪流满面被父母安抚着的麻衣。我立马逃回到房间的被窝里，从那以后的一个月，我过着与世隔绝的生活。为了掩盖站在门前向我搭话的家人及班主任老师的声音，我戴上耳机，调高音乐声。另外，我还拔掉了房间里电视机的天线。在我这里，电视只是一台播放视频的显示器，我不想透过它了解任何来自外界的消息，因为我害怕看到某初中男生被蜜蜂蜇后引发过敏性休克而死亡的新闻，我害怕光太郎死亡的消息一不留神传入耳内的瞬间。

还是不知道的好，我把自己锁在不知他生死的空间里，就像“薛定谔之猫”，不打开箱子，既可说关在箱内的猫还活着，也可说它已经死了。总而言之，光太郎和“薛定谔之猫”是一回事，将生和死重叠在一起，我就可以逃避自己罪责的区分确定。

之所以拉上窗帘，是不想看见隔壁汤田家，是为了让光太郎还活着的可能性残留下来。之前我已经听说汤田家预定搬家的日期，在过了那天后我才终于有勇气拉开窗帘。望着隔壁家被搬得空空荡荡，我吊着的心才算落了地。无论有无举行光太郎的葬礼，无论麻衣和她父母是否有身穿丧服、手端光太郎的遗像，这些我都没看见，更不想看见。

季节从夏天更替至秋天，不久后又进入了冬天，我对外界的警戒心正在渐渐减弱。都过去这么长时间了，电视上应该不会再播放某初中男生被蜜蜂蜇死的新闻了吧，人们也应该不会再聊起那个事故了吧。慢慢地，我可以和家人恢复对话了，也可以看电视、杂志了，但唯独上学这件事无论如何都还做不到。经过母亲与校方的沟通协商，我在三年级二班的座位仍替我保留着。

送走寒冬迎来新春，班上的同学们全都从初中部毕业了，然而我能做的只是站在自己房间的窗前，看季节流逝轮转。

“马蜂真是太坏了。”

我趴在车下说。马蜂是熊蜂的另一种地方性称呼，因打小就听母亲这样叫，所以我也叫顺了马蜂这个称呼。

“如果这世上没有马蜂，我就不会把它放入光太郎后背。人总是在做了不可挽回的事后才会产生这样的想法，所有的犯罪者之所以能达成犯罪目的，都是因为他们在犯罪前遇到了马蜂，你不这样认为吗？”

说话间身子感觉有些凉，估计是引擎的余温不足了吧，方才的暖和气儿已经感觉不到了。

“当我意识到自己做错时，已经无法走出家门一步，他要是死了的话……”

回忆一幕幕堵在胸口，就连自己也没想到最后会发生那样的事，我为什么会做出那样愚蠢的事呢？无论如何反省，我也找不到理由。

“是我杀的。我也许杀了人。一想到这里，我就无法安稳入眠……”

不知从哪儿传来了一阵类似呜咽的声音，我大吃一惊地从车底下爬出来，再将头探入车下窥视，是爱丽丝在哭泣。看着泪眼婆娑的她，既不像是身体疼痛的哭，也不像是受不了寒气的哭，大概是为了我而哭吧。

我们行走在寒空下，从投币式停车场旁的自动贩卖机买了瓶热气腾腾的奶茶。热饮下肚的瞬间，奶茶在全身渗透。

“你跳芭蕾舞吗？”

“跳，你怎么知道？”

“我从窗户这边看你跳过。”

爱丽丝似乎从小学开始就学习芭蕾舞，虽然因搬家打算放弃，但正巧受朋友邀请，又重新开始去芭蕾舞教室上课了。爱丽丝借助投币式停车场的控制横杆代替芭蕾横杆，现场教了我几个脚部基本动作。

“这是小跳[①]哦。”

我的正面是脱掉外套的爱丽丝的苗条的身姿。她左手扶着横杆，笔直地站立着，看上去是那么的恬静，那么的优美。

紧接着，爱丽丝以左脚为轴，右脚向前移动。起初鞋底不离地，但随着动作的延伸，后脚跟缓缓抬起，最后只剩脚尖着地，然后脚部再腾空跃起，按照这个动作，前后左右反复跳跃。

当下我也跟着跳了几下。

“啊，脚抽筋了。”

“对于第一次跳的人来说，你跳得很棒呢。”

“你后脑勺又没长眼睛，怎知我跳得好不好。”

爱丽丝仍然背对着我说：

“反正我就是能感觉得到。”

爱丽丝继续教了我几个基本动作后，开始抬起右手，用右脚跳更复杂的动作。尽管我很想学，却无奈站不稳。

---

① 小跳在芭蕾舞中的详细动作是单脚跳起单脚落地。

“看，好美的星星！”

爱丽丝提醒道。我抬头仰视，镶嵌着无数繁星的夜空一望无际。爱丽丝一边咧嘴欢笑，一边松开扶住横杆的手飞跳起来。只见她以单脚为轴，来回旋转跳动。不一会儿工夫，爱丽丝开始一边哼唱旋律，一边在停车场舞动，她的身姿宛如失去了体重般轻盈柔美。

“这是什么舞？”

“《森林睡美人》。”

爱丽丝边跳边答。

“是吗？这是个怎样的故事呢？”

“公主被蜜蜂蜇了的故事。”

“欸？！”

“骗你的啦——”

“竟然敢骗我！”

爱丽丝身轻如燕地在我周围旋转，当我不停追着她看时，感觉眼睛都有些晕眩了。

“其实是公主被针刺后足不出户的故事。”

“欸？！”

“才怪嘞，骗你的啦——”

“你搞什么嘛，老在这里骗人家！”

当我为自己再度受骗大吃一惊时，爱丽丝快乐地挽住我的手臂，我被旋转中的爱丽丝带着一起旋转。跳到后来，我们压根也不管是不是芭蕾舞了，反正就是两个人互相拉着手臂不停旋转。抬起头，旋转的夜空，旋转的繁星。在一直旋转的视野里，与我手拉手面对面转动着的爱丽丝的笑颜清晰可见。

这时，投币式停车场的入口处驶入一辆大型卡车，伴随着低沉的引擎声，前车灯将四周照得清楚明亮。我和爱丽丝停下旋转，互看了眼后决定暂且离开停车场，藏入附近的草木丛中。

当控制横杆抬起，卡车径直开入投币式停车场内。这是一辆全长约五米、可载重两吨的卡车，卡车发出的引擎声地动山摇，排气管更是浓烟滚滚。卡车进入停车位时，因体积庞大明显超出了车位白线。另外，卡车引擎似乎没有要切断的意思。通过观察，躲在草木丛阴暗处的我们发现司机是位中年男子，虽然我们一直在等他离去，可他始终都没打开车门。过了一小会儿，司机打着哈欠倚靠在驾驶座上，下一秒便合眼睡着了。看来他是打算就这样睡一觉吧，之所以打开引擎，估计是想吹空调吧。

“这样会给街坊邻居带来困扰啦。”

爱丽丝说。无论卡车排出的尾气，还是轰隆隆的引擎声，确实都会影响他人。

“不过现在很感谢这辆卡车。”

我们从后方轻手轻脚地偷偷靠近卡车，从卡车轮胎间钻入车身下方。比起小轿车，卡车的底部空间要宽敞得多，而且地面距离车底的高度也很远。从引擎中散发出来的热气慢慢地喷向脸颊，我情不自禁地用不知哪里的方言感慨道：

“唔哇——好暖和的撒——”

“真是这世间的乐园啊——”

“这里真够宽敞的。”

“要是有厕所和浴缸的话，足以在这过日子了。”

卡车底部错综复杂地纵横着各式各样的管道，汽油及尾气的味道飘浮在空气里。我和爱丽丝在卡车的引擎声中聊着各自的过往，既有家里的事也有喜欢什么样的漫画等。总之，我们畅所欲言。

“光太郎还活着吗？”

“要是活着就好了。”

爱丽丝回应着我的嘀咕声。渐渐地，我闭上双眼进入梦乡。

梦境里，我正在练习芭蕾舞小跳。

3

在深度睡眠的空间，耳畔传来类似打大太鼓的响声。

咚隆、咚隆。

咚隆、咚隆。

睁开眼皮，眼前出现一个大铁块。侧耳倾听，响声实则是卡车的引擎声。当回忆起昨晚之事时，卡车突然开始发动。紧接着，在一片尾气间，卡车碾过沥青路面，从我的手脚旁擦身向前驶去。我仰躺在地上，动弹不得，只是眼睁睁地看着车底从眼前滑过。猛然间，视野变得开阔起来，蔚蓝色的天空无边无际。

趁我熟睡的时候，清晨静悄悄地降临了。朝阳如瀑布般倾泻在大街小巷，不知哪儿的麻雀正在叽叽喳喳地啼鸣。卡车挥舞着庞大的车身开向投币式停车场的出口，瞬间驾驶座一闪而过，我看见司机叔叔正在打哈欠。等回过神来，我立马确认了下自己的身体是否受伤，还好全身上下哪里都没被卡车擦伤。我安心地爬起来，突然，我意识到四下哪儿都找不到小花的踪影。

“小花？你在哪儿？”

我想起昨晚打盹儿时看到的光景，小花边睡边用脚尖“咚”的一声猛踢了一下卡车底部的配管，因动静太大，被吓一跳的我看得真真切切。她那姿势是芭蕾舞的小跳，估计她正在梦中练习吧。小花的脚踢声并没持续太久，过会儿便消停下来了，但她依然保持着脚踢配管的姿势，看完这一幕的我也随即进入了梦乡，不知她是否一直以那姿势睡到了天亮。

难道说小花还在卡车下面？带着这个担忧，我飞奔追向卡车。正巧卡车司机刚在投币式停车场出口完成结算，控制横杆向上打起，卡车排出一团尾气后驶向马路。

车体下方似乎拖曳着什么东西，在朝阳的投射下，我看见帽子的颜色一闪而过。这颜色与昨晚在车站会合后，小花从没找到汤田辉男的我的头上摘下来，然后戴在自己头上的那顶一模一样。

“啊……啊……”

我不由得喊出声来。虽然看得不是很清楚，但多半应该是小花被拖走了。而卡车司机又不知情，就这样直接开走了卡车。

“小花！”

为了拦下卡车，我拼命追赶。

清晨的空气凉飕飕。

可能是刚睡醒的缘故吧，脚速似乎比预想的要慢。

卡车匀速行驶在被金黄色银杏装饰的大道上。

前方有十字路口，上班上学的人正在等待绿灯。

“快来人！拦下那辆卡车！”

然而没有一个人出手帮我，反倒是全都一脸讶异地看着我。卡车通过红绿灯后速度变得越发快了，我推开等待绿灯的行人，脚步飞快地跑过人行横道。

在我前方有三名男高中生正骑车行驶在人行道上，我追上他们并与其保持平行，而他们则用疑惑的眼神看着我，大概在想到底发生了什么事吧。不知这三人是不是兄弟，感觉容貌及发型都很相似。我指了指卡车，说：

“我朋友！被卷入车下了！”

听到我的喊叫声后，三人猛地看了眼车道。金黄色的叶子从银杏树上飘落，卡车碾过树叶扬长而去。此时的车道只有这一辆车，三名男同学立即变更自行车的方向，冲入车道。只见他们三人用力踩踏自行车，试图加速追赶卡车。眼下，他们又采用了三人纵向排成一条直线的骑行方式，最前方的自行车帮后面两辆挡风骑行，估计是想要积蓄脚力吧。

“卡车下方拖拽了个人哦！”

三人似乎遇到了骑车上学的另一个朋友，如此搭话道。被搭话的男生也旋即模仿他们，开始追赶卡车。“停下来！”“请停下！”大家都在纷纷呼喊。

“卡车下方拖拽了个人哦！”

“快拦下卡车！”

“请帮忙一起追吧！”

他们一边骑车追赶一边请求路人帮忙。眨眼间，无论是上学途中的高中生、上班路上的上班族、女初中生、棒球俱乐部少年，还是老奶奶、身穿制服的巡警、不太明白事情缘由的外国人、甩开主人一溜烟奔跑的小狗，大家全都加入了追赶卡车的行列。目前的状况竟然是我跑在最后方。在我们声势浩大的影响下，街上的行人大都回头观看，就连被母亲带出来的小朋友也站在人行道冲我们挥手大喊："加油——！"

鞋底一下接一下地踏在地面上，我一步一步地往前使劲儿奔跑。终于，我的肌肉运动开了，身体恢复正常可以加速飞跑了，可内心的不安令我呼吸紊乱，被卡车拖死的小花的样子在我脑海闪现。我与她相处的时间比较短，回忆她的次数不太多，但我不想就此与她别过，而且还是以这种方式……她要是不在了，谁来叫我爱丽丝?

可能是因为太过焦躁的关系吧，我变得无法顺畅呼吸，我的肺部急需氧气。渐渐地，我感觉自己的脑袋开始变痴呆。一行自行车急速前行，落在地面的黄色银杏叶片哗啦啦地卷入后轮胎，微风扫过，树叶轻飘飘地随风飞舞。

正当我全力飞奔之际，突然脚下一滑，不幸摔倒。手掌及膝盖全都被擦伤了，嘴唇好像也裂开了，我试图用衣袖擦拭，却不料印染上了红色的鲜血。眼下卡车和自行车全都渐行渐远，我从地上爬起，大声呼喊小花的名字：

"小————花-————！"

话音刚落，身后就传来了应答的声音。

“怎么了？发生什么事了？”

“我的朋友被卡车……”

“欸？卡车？昨晚？话说，你脚程真够快的啊！”

这是个熟悉的声音。我一回头，发现荒井花正上下耸动肩膀快速地呼吸着。

“咦？小花？”

“那边发生了什么？”

她凝视远方问道。在道路的最前方，卡车终于停下来了，骑自行车的学生们也跟着摁下了刹车。当司机将头探出窗外，高中生、上班族及不太明白状况的外国人全都聚集在卡车旁盯视着他。尽管站在远处看不太清，但司机好像从车下拉出了什么。定睛观察，猜测可能是顶帽子。也就是说，挂在卡车底部的东西，似乎除帽子以外再无其他。

“你去哪儿了？”

“因为爱丽丝你没起来，我就自己去散步了。想着机会难得，我就又去了趟光太郎居住的公寓。话说回来，那边到底发生了什么？”

站在眼前的小花没戴帽子，或许早起时她还戴着吧，可我却因瞥见一闪而过的帽子，误以为她被卷入卡车下，并且开始拼命一路追赶。

“没什么……我们走吧！”

我抓起她的手臂想要拽她离开，因为继续在此停留不仅尴尬还很丢脸。虽然我有义务向卡车司机及那几个骑自行车的男生解释误会，但当下我没有站出来的勇气。与几个路人擦肩而过时，听见他们正在谈论说好像有人被卡车拖走了。

“我多少有些明白了。你到底干了什么好事呀？”小花一副非常吃惊的样子说。

远离栽满银杏树的街道，穿过住宅区的狭窄小道，前方有条河流蜿蜒流淌。我渐渐有些生气了。

“跟你在一起净没好事！”

“怪我咯？”

“你真是个穷神！”

“你还是个瘟神呢。”

“我要回家了！犹大是生是死都不关我事！”

“那你还不松开我的手？我这只穷神的手。”

河水不紧不慢地流淌，落叶被冲刷至岸边，随波摆动。我和小花走上渡河的小桥，正好走到一半时与迎面走来的男高中生擦肩而过。虽然只是一瞬间，但我听到了他打电话的声音。

“是的，有人被卷入卡车下方了。你去看看吧！我现在正往那边走。”

忽然，小花停住脚步，一动不动地站在桥上。

我一边强行拽她走一边心想她这是怎么了，然而她就像踩到了快干胶一样，鞋底丝毫没有从桥面动弹半分。尽管如此，我仍旧使劲儿地拉拽她，可谁知小花突然倒向我，因支撑不住，我们两个一齐滚倒在桥上。

到底是怎么回事嘛！我想看看小花此时的表情，可她摔倒在我身上，把脸埋在了我的胸前。小花没有马上爬起，而是趴在我身上说：

“光太郎还活着。”

因被小花紧紧抱住，所以我暂时起不来身，我只能稍稍仰起头，确认方才擦肩而过的男高中生的背影。

他刚打完电话，把手机放入口袋后朝桥的另一头移动着。

“那是……”

小花连忙惊慌失措地捂住我的嘴，我那被她紧紧抱住的身体总算好不容易坐起来了。

“那身制服与他还真是挺搭的，那个帆布包他还在用。”

我看了眼说这话的小花的侧脸，她那笃定的神情让我感觉她应该没有认错人。汤田光太郎没有死，他还活着。因小花的恶作剧，他被蜜蜂蜇咬并陷入过敏性休克，不过他平安地生还了，现在仍然存活在这个世上。

从背影看，汤田光太郎个子很高，肩上背着个柔软质地的帆布包，他就是以前住在我房间的住户呀，他就是小花的青梅竹马呀，而我现下正在他所存在的地方，喜出望外的我不由得大声喊道：

“犹大！”

小花身体僵直地盯着我，似乎在说“你干吗呀”。

在相距二十米的地方，汤田光太郎停下了脚步，那张回过头来眺望我们的脸蛋，确如小花所言生得英俊潇洒。早知我们会在今天相见，就应该带他遗留在我房间的答卷过来嘛。我站起身一蹦一跳地冲他挥手。

“犹大君！”

他一脸诧异地看着我。当他听见有人喊自己的名字，多半会以为是自己认识的人吧。然而当他看到我这张陌生的面孔时，露出了理所当然的困惑的表情。

为了不让光太郎看见自己，小花立马戴上连帽卫衣的帽子，转过身去蹲下身子。

“别这样。我要杀了你，我真的会杀了你哦。”小花用只能我听得见的嗓音说道。

为了把她拽起来，我一把抓住她的连帽卫衣，使劲儿往上拎，她却反着劲儿地拼命抵抗我，一拉一扯，小花的后背看上去圆鼓鼓的像个小丸子。无奈之下，我对汤田光太郎说：

“这家伙是我朋友，她有话要跟你说。”

“我才没话要说好嘛。”小花低声回应道。

汤田光太郎带着一百个疑问返回到我们身旁，他看了眼弯下腰去的小花，若有所思地带着似曾相识的语气说：

“难道是小花？”汤田光太郎问道。

听到光太郎说出自己的名字后，小花像是听天由命般地移动身体，慢慢站起身。紧接着，她一边撸下帽子一边转身回头。看到她的脸庞后，汤田光太郎不禁变得瞠目结舌。

“小花……”

“好久不见。”

“是，是呢……”

他颔首点头。

“你过得还好吗？”

“……嗯。”

“你姐姐呢？也还好吗？”

“……嗯。”

……

“既然如此……那就……”

小花极不自然地转过身，抓住我的手臂后准备就此离开。

“欸？这就聊完了吗？要不要再聊点什么？”

估计汤田光太郎也不知该说什么好吧，他只是站在一旁一个劲儿地点头附和。明明好不容易才再次见面，就这样回去真的不遗憾吗？可小花仍然用力拉住我的手准备离去。

这时，身后传来了汤田光太郎的声音。

“小花！”

小花止住脚步。

他继续说：

“在我后背放蜜蜂的人是你吧？当时真的超级超级痛呢，整个人一下子就很不舒服了哦。我这辈子都不会忘记这件事的。”

站在桥上的他单手绕到身后，摸了摸自己的后背。

突然，小花头也不回地飞奔起来，我则慌慌忙忙地追上前去。

桥上只剩汤田光太郎一人，我和小花已经跑到岸边。

我们搭乘的电车只有零零散散几位乘客，车厢显得空荡荡。我和小花并排坐下，后背下垂地倚在靠垫上，后脑勺则靠在冷冰冰的玻璃窗上，一副吊儿郎当的样子。电车在日出中向前行驶，我感觉有些倦了，想睡觉。小花和我全都眼神痴呆地仰视着电车天花板，自然而然地，我们聊起了天。

“喂，我说你干吗突然逃走了呢？”

“因为那家伙突然提起那件事，那是爱的告白啦。”

“怎么诠释？”

“他不是说这辈子都不会忘记吗？这不是饱含爱意的话吗？”

“我怎么没觉得是？”

“我不想再说什么了，谎言也好虚幻也好，当下我只想沉浸在这突如其来的幸福里。”

“居然还要沉浸。”

之后我们再没搭话，两人都默默地坐在轻微摆动的电车里。

4

我关掉闹钟，拉开窗帘，黎明时分的天空美不胜收。洗脸梳妆打扮后准备更衣，从壁橱拿出来的学校制服沾有防虫剂的气味。

从冰箱拿出香肠，正当进食之际，母亲起来了。她看了眼身穿制服的我，打哈欠的嘴顿时停住了。

“你要去哪儿？”

“当然是去学校。”

心情愉悦的母亲将我送至玄关，清晨的露珠给路边的植物披上了一层闪闪发亮的新衣，颜色各异的花卉争先恐后地竞相开放。爱丽丝站在家门前，我们相约一起上学。她也穿着好像是昨天刚收到的石森学园初中部的新水手服，为了给彼此秀一秀穿制服的身姿，我们对着对方互相摆了个姿势造型。

“你的水手服终于出道了呀？”

“你不也很久没穿过制服了吗？”

“有一年零五个月。”

我们相互好好观察了下对方穿制服的样子，然后异口同声地称赞道：

“挺搭的哈！”

我和爱丽丝朝着车站方向，奔走在河滩之上。因为天气寒凉，我们呼出的气息眨眼间就变成了一团白雾。

在电车上找到座位后，我将脑袋搭靠在爱丽丝的肩上，说：

“感觉有点郁闷呢。我还是别去的好吧？”

“没关系的啦。因为我已经帮你备好了强有力的帮手。”

“帮手？”

5

“打开洞穴，打开洞穴……犹大啊，请平息你的愤怒……打开洞穴，打开洞穴……犹大的灵魂啊，请安乐地睡去吧……”

以前陆奥睦美说“Anaphylaxie”时，我一度以为是在说“打开洞穴”。此时此刻，她正在三年级二班的教室披头散发地嘟囔着咒文。教室的中央，摆了张临时祭坛，我的桌子挨着小花的桌子，两张桌子被一块黑布蒙上，其余的课桌全被搬到了墙边，地板上画有不知是魔法阵还是禁区的图案，祭坛就设置在图案的正中间。因教室里的窗帘被拉合上了，室内显得昏暗无光。

我跟陆奥睦美一样，站在祭坛旁反复念着咒文。挂符咒时，还很虔诚地合掌祈祷。

“打开洞穴，打开洞穴……犹大啊，请平息你的愤怒……打开洞穴，打开洞穴……犹大的灵魂啊，请安乐地睡去吧……”

先后抵达教室的其他同学目睹这番光景后，无一不大吃一惊，脸色一个个变得谨慎严肃。不知是不是气氛太过特别的缘故，他们没有走进教室，而是全都聚集在教室门口。

“打开洞穴，打开洞穴……”

“打开洞穴，打开洞穴……”

陆奥睦美和我专心致志地重复念诵咒文。可能是有人跑去教职工办公室汇报了这件事吧，班主任荻野老师来了。

“你们在干吗？马上就要上课了哦，再不收敛点的话我就要发飙了哦。”

然而，我和陆奥睦美没有就此停下仪式，老师也是一副放弃说教的样子，直接走到窗边拉开窗帘。当明亮的光线照射入室内，唱诵咒文的陆奥睦美缓缓睁开双眼。

“呀……啊……”

她瞪大充血的双目猛扑向老师，站在一旁观看的同学们吓得魂飞魄散哀鸣呜呼，老师更是吓得连连后退。当然，陆奥睦美肯定不会攻击老师，她抓住老师的肩膀，一边用手使其剧烈地前后摇动，一边慷慨激昂地说：

“降临之日来了，被幽闭在魔界的我们的朋友告诉我说，现在他从封印中释放出来了，他要舍去与精灵及魑魅魍魉的交情，抛开前世因缘及报应，要投胎转世了！”

陆奥睦美神情浮夸地指了指祭坛，大家的视线全都一致投向教室中央。

盖在桌上的黑布不知什么时候鼓起来了，明明方才还平铺在桌上的黑布，现在隆起得像座小山一样。

我和陆奥睦美相互对视点头后，两人分别抓住黑布四角，将其慢慢揭起。在黑布下方，双手置于胸前、如胎儿般蹲坐在桌上的荒井花出现了。

同学们不禁讶异不已，他们以为小花的出现是拜陆奥睦美的仪式所赐，但其实这只是一个障眼法。荒井花一直都藏在桌子底下，当陆奥睦美飞扑向老师，大家的注意力被转移时，荒井花趁机一边用黑布掩藏自己，一边迅速麻利地爬上了课桌。

透过窗户投射进来的朝阳照耀着小花的脸颊，因为她的出现，聚集在教室门口的同学们纷纷发出了困惑的感慨声。

作为这届三年级二班的学生，小花没有现身上过一堂课，因此大家也都不知她到底是何方神圣。此时，唯有荻野老师战战兢兢地窥视着小花的脸，吓得上气不接下气，我想老师可能曾见过她吧。

陆奥睦美满脸严肃地说：

"苏醒吧，荒井花，你现在已经脱胎换骨了。"

我伸手碰了碰小花的肩膀。

"起来吧，小花。"

听到我们的召唤后，小花慢慢地睁开了眼睛。

在陆奥睦美以前的设定中，念完咒文后小花便行踪不明，现在她再度念诵咒文让小花回到这个世间，对同学们而言，陆奥睦美的存在越发令人畏惧。此外，她还擦掉了位于我桌子正下方的不知是禁区还是魔法阵的涂鸦，正式宣布"犹大的灵魂已经成佛"。托她的福，打那以后同学们再没疏远我，大家恢复正常和睦相处。不知不觉间，犹大的话题不再被提起，消除这一烦恼的我也渐渐喜欢上了这座城镇。

从那之后，小花再也没有提起过"汤田光太郎"这个名字，不过她似乎收到了汤田光太郎姐姐寄来的信件。遗憾的是，我没有看过信件所以不知上面写了些什么。住在附近的人们都为小花终于勇敢走出家门，重新回归校园生活而感到欣慰。班主任荻野老师叫住走廊里的我，在给予我感谢的拥抱时还夸赞这件事幸好有我，此言此举仿佛我们曾经有过约定般。

“这位是荒井花同学，希望今后大家能跟她成为朋友。”

“我叫荒井花，请多多关照。”

某天的芭蕾舞教室，在大家迎接新生的掌声中，小花害羞地跟大家打着招呼。

风子一脸诧异地回过头来问我：

“爱丽丝，那孩子不是隔壁花园家的……”

“你猜得没错哦，小风。”

风子现在也称呼我为爱丽丝了，而小黑这个称呼已经成为过去式，这是我与父母一家三口一同生活时的名字，真令人怀念啊。不过我觉得眼前这个爱丽丝的名字更贴切，因为我的本名现在是有栖川彻子。回忆起往事，胸口难免有些苦闷，但不可思议的是，我并不想回到从前。

当大家都在听老师传授新知识时，唯独我和小花被分配到镜子的另一边。是的，我在教授小花芭蕾舞的基础知识，可话说为什么是我来教呢?

首先试着练习基本站姿。在古典芭蕾舞中，无论手的放置位置还是脚的放置位置，皆有细微全面的区别，我们将其称为基本站姿。

脚部一位站姿，两只脚后跟靠近贴合，脚尖呈一百八十度指向两旁。我做示范，小花跟着模仿。

在一位的基础上，其中一只脚往旁边擦出去，经过伸展、崩尖，然后慢慢地把脚放回地面，这时两只脚后跟间差不多有一只脚的距离，我们称该姿势为二位，外文的表示是“à la seconde”。

接下来是三位，将呈一百八十度打开的双脚前后叠合，前面的脚后跟放在后面那只脚的脚背中间位置（即弧位）。这个动作小花做得不够好，因此都快要跌倒了。

“差太远了啦。”

小花说。

“什么差太远？”

“跟你跳舞的水平差太远。”

“你马上就能跟我跳得一样好啦。”

“马上是什么时候？”

“不知道。但我说马上就是马上嘛。”

“在我十八岁之前吗？”

“这可不好说哦。”

“得加快脚步呢。”

“不着急，不着急哈。”

我稍稍花了点时间教小花基本站姿，教着教着，我想起了那日夜晚的事。星空下，我们手扶停车场控制横杆练习芭蕾舞。虽然小花没有说，但想来这一幕应该也在她脑海浮现吧。那是奇妙的不可思议的滑稽的一天，说到底，我们最后又都收获了些什么呢？

老师开始播放音乐，随着古典曲的节奏，大家翩翩起舞。

我们时而宛如伸展开的爬山虎，时而宛如水面激荡起的一圈圈涟漪。

偶然间抬眼看镜子，我和小花并排舞动着。

小说版《花与爱丽丝杀人事件》后记

根据手边的记录，《花与爱丽丝》于二〇〇四年三月十三日公开首映，导演是岩井俊二。我在电影院反复看过好几遍这部电影，我认为它是一部令人深思的作品。

当续篇电影《花与爱丽丝杀人事件》项目被公开发布，已经是距前作首映十年后的事，即二〇一四年秋天。这部动画片的制作使用了动态遮罩[①]这一手法，导演与前作一样，仍是岩井俊二。

迄今为止，我和岩井导演见过好几次面，说不定当时我们聊过电影《花与爱丽丝》，所以这次才能非常荣幸地受他之托，把电影《花与爱丽丝杀人事件》改编成小说。

这部小说在执笔之际，参考过岩井导演的两版剧本、分镜头及制作动态遮罩动画时使用的写实映像。拜这些资料所赐，我也因此稍微获取到了些剧透内容。

---

① 动态遮罩也被称为影像描摹，它是一个将真实影像作为参考进行动画创作的动画技术。这项技术由 Max Fleischer 发明于 1915 年。

所谓两版剧本，分别是几年前执笔的初稿和制作电影时实际使用过的完稿。初稿中，主人公们被设定为小学生，爱丽丝与小花的邂逅也发生在小学时代，然而在完稿中，主人公们的年龄设定被变更为初中时代。

关于分镜头，这部动画的分镜头有别于一般电影的分镜头，就连细节也被画进去了，台词则以对白框的形式编入画中。通过浏览这些资料，我得以把握岩井导演期望的理想画面。

最后是关于写实映像，这次的动画电影采用了动态遮罩技术。何谓动态遮罩技术呢？它是一种用照相机拍摄模型动态，然后将其描摹下来的动画制作手法。迄今为止，岩井导演用该手法制作、导演过多部短篇动画。在《花与爱丽丝杀人事件》中，岩井导演在拍摄好的写实映像基础上，加入了3DCG① 及 2D② 手描作画混合技术，将动态遮罩的演绎推向了更高层次。写这部小说时，我反复观看过很多次被拍成动画

---

① 3DCG：利用强大的计算机和计算能力，使现实主义的计算机生成图像。英文全称为 3D Computer Graphics，中文解释是三维计算机图形。

② 2D：一种动画方式，又叫平面图形。2D 图形内容只有水平的 X 轴向与垂直的 Y 轴向，传统手工漫画、插画等都属于 2D 类。它的立体感、光影都是人工绘制模拟出来的。

前的写实映像，那是一个临时编辑出来的长度约九十分钟的映像，有一半的背景是蓝色，其中还有几个剧本及分镜头的场景被剪切掉了，版本非常接近电影完成版。

此外，这部小说还参考了动画版的角色设计插画及背景图。故事的主要情节没有太大变动，只有一些细节被我稍稍做了些变更。另外，我自己还添加了一部分原创情节，关于这部分，下面我将向读者朋友们做一个补充说明。

例如，在电影版中，有栖川彻子父亲的职业是商社从业人员，但在这本书中他的职业被改编成刑警。其实剧本完成稿中对她父亲职业的设定就是刑警，拍摄写实映像时也采用了这一设定，但遗憾的是最终没能被电影版采纳。前作电影《花与爱丽丝》中有对话说有栖川彻子的父亲在中国企业任职，但在小说版中他的职业又被设定为刑警。我不希望大家忘记他是刑警的设定，我觉得那样会很可惜，而且将不被电影采用的内容放入小说不是也很有趣吗？说不定这个变动会成为后人谈论岩井俊二的又一参考资料。

小说版中有一个名为汤田麻衣的角色，她在初版剧本中也有登场，初版剧本对主人公们的年龄设定是小学生，小花与汤田家姐弟有过多次的交流。本书中小花梦见光太郎、麻衣帮小花用塔罗牌占卜，以及三个人一起骑自行车的场面全都借鉴了初版剧本。

结尾的场面描写也有参考剧本，比如利用黑魔术仪式让小花出现在教室，还有班主任老师给予爱丽丝的拥抱等，皆引用自剧本完成稿。而小花去芭蕾舞教室，爱丽丝站在镜子面前教她基本站姿的场面却与初版剧本的最后场景一模一样。

这部小说融入了我对电影《花与爱丽丝》的诠释。对电影《花与爱丽丝》来说，“小花和爱丽丝”虽是两个人，却是一个不可割离的组合，但我希望在我的这部作品中，“小花”和“爱丽丝”能以个体的形式存在，分别达成各自的自我实现。与本书构造类似的作品还有著名小说《恶童日记》，电影《蜜蜂的私语》《洛城机密》《狼的孩子雨和雪》也隐约搭建过同样的构造。

这些作品在结尾时都安排让两个相似的存在分别踏上不同的道路，主人公一方面达成了与社会垂直的自我实现，另一方面也达成了与自己平行的自我实现。前者主要表现为在职场、艺术等领域的提升，即修道成仙的男性自我实现；后者主要表现为邂逅配偶、恋人，收获爱情繁衍家族的女性自我实现。无论是在两者中做出抉择还是必须放弃其中一者，都会带来深切的哀痛。如将有一天分道扬镳的两个相似的存在抽象化，或许就是茫茫人海中的每一个“我”。正因为我抱有以上诸多理解，才会假想如果自己来帮电影《花与爱丽丝》写一部前篇小说的话，我会将故事结构安排成两位主人公最终集结成一个“我”的形式。

电影《花与爱丽丝杀人事件》是一个围绕人物名字展开的故事，其中既有失去名字的少女，也有想要舍弃自己名字的少女；既有名字被混淆的老人，也有到处散播名字的少年。我本人偶尔也会用其他笔名写作，借由这些机会，多方位考量自我意识的空间也随之增多不少，因此我认为写这部小说是个必然。

二〇一四年十二月三日

乙一

协力　花与爱丽丝制作委员会